# ALICE ATRAVÉS DO ESPELHO

**LEWIS CARROLL**

# Alice Através do Espelho

**Lewis Carroll**

Ciranda Cultural

© 2019 Ciranda Cultural Editora e Distribuidora Ltda.

**Tradução**

BR75 | João Sette Camara

**Capa**

BR75 | Luiza Aché

**Projeto gráfico de miolo e diagramação**

BR75 | Luiza Aché

**Revisão**

BR75 | Clarisse Cintra e Silvia Baisch

Dados Internacionais de Catalogação na Publicação (CIP) de acordo com ISBD

---

C319a    Carrol, Lewis, 1832-1898

Alice através do espelho / Lewis Carrol ; traduzido por João Sette Camara. - Jandira, SP : Ciranda Cultural, 2019.
128 p. : il. ; 16cm x 23cm. – (Clássicos da literatura mundial)

Tradução de: Through the Looking-Glass and What Alice Found There
ISBN: 978-85-380-89735

1. Literatura infantojuvenil. I. Camara, João Sette. II. Título. III. Série.

2018-1473

CDD 808.899283
CDU 82-93

---

Elaborado por Odilio Hilario Moreira Junior - CRB-8/9949

Índice para catálogo sistemático:
1. Literatura infantojuvenil 808.899283
2. Literatura infantojuvenil 82-93

1ª edição em 2019

2ª Impressão em 2019

www.cirandacultural.com.br

Todos os direitos reservados. Nenhuma parte desta publicação pode ser reproduzida, arquivada em sistema de busca ou transmitida por qualquer meio, seja ele eletrônico, fotocópia, gravação ou outros, sem prévia autorização do detentor dos direitos, e não pode circular encadernada ou encapada de maneira distinta daquela em que foi publicada, ou sem que as mesmas condições sejam impostas aos compradores subsequentes.

## SUMÁRIO

1. A casa do espelho ... 7
2. O jardim de flores vivas ... 19
3. Insetos do espelho ... 29
4. Tarari e Tarará ... 39
5. Lã e água ... 53
6. João-Teimoso ... 65
7. O Leão e o Unicórnio ... 79
8. "É uma invenção minha" ... 89
9. Rainha Alice ... 105
10. Sacudindo ... 121
11. Acordando ... 123
12. Quem sonhou isso? ... 125

# CAPÍTULO 1
# A CASA DO ESPELHO

Uma coisa era certa: o gatinho *branco* nada tivera a ver com aquilo, a culpa foi toda do gatinho preto. Pois o gatinho branco passara os últimos 15 minutos tendo o rosto lavado pela velha gata (e suportava isso muito bem, apesar de tudo); então você pode ver que *não podia* ter havido o dedo dele naquela travessura.

O modo como Dinah lavava os rostos dos filhos era assim: primeiro ela prendia o coitadinho no chão pelas orelhas com uma pata e, depois, com a outra, esfregava todo o rosto dele, ao contrário, começando pelo focinho. E agora mesmo, como eu disse, ela limpava bem o gatinho branco, que estava deitado sem se mexer e tentando ronronar – sem dúvida com a sensação de que tudo aquilo era para seu próprio bem.

Mas o gatinho preto havia terminado de ser limpo mais cedo naquela tarde e, então, enquanto Alice estava sentada encolhida em um canto da grande poltrona, meio falando consigo mesma e meio dormindo, o gatinho estivera se divertindo muito brincando com o novelo de lã que Alice estivera tentando enrolar e ficara rolando o novelo para cima e para baixo até que ele tornou a se desfazer por completo. E lá estava o novelo, espalhado pelo tapete da lareira, todo emaranhado e cheio de nós, com o gatinho em meio a ele correndo atrás do próprio rabo.

— Oh, sua criaturinha travessa! — exclamou Alice, pegando o gatinho e dando-lhe um beijinho para que ele entendesse que estava em apuros. — Francamente, a Dinah deveria ter lhe ensinado modos melhores! *Deveria mesmo*, Dinah, você sabe que deveria! — acrescentou, olhando com reprovação para a velha gata e falando com uma voz tão contrariada quanto podia. Em seguida, voltou correndo para a poltrona, levando consigo o gatinho e a lã, e começou a enovelar outra vez. Mas não fez isso muito rápido, pois ficou falando o tempo todo, às vezes com o gatinho e às vezes consigo mesma.

O gatinho ficou sentado muito educadamente no joelho dela, fingindo observar o progresso do enovelamento, e de quando em quando estendia uma pata e delicadamente tocava o novelo, como se fosse ficar contente em ajudar, se pudesse.

— Você sabe que dia é amanhã, Gatinho? — começou Alice. — Você teria adivinhado se tivesse estado na janela comigo, mas não pôde porque a Dinah estava lhe limpando. Eu estava vendo os garotos pegarem gravetos para a fogueira[1], e a fogueira quer muitos gravetos, Gatinho! Só que ficou tão frio, e nevou tanto, que eles tiveram de ir embora. Deixe para lá, Gatinho, amanhã vamos ver a fogueira.

Nesse momento, Alice deu duas ou três voltas com a lã no pescoço do gatinho, só para ver como ele ficaria. Isso provocou uma confusão, com o novelo rolando pelo chão e metros e metros de lã tornando a se desenrolar.

---

[1] Alice se refere à comemoração da Noite das Fogueiras ou Noite de Guy Fawkes, ocorrida em 5 de novembro de 1605, quando o soldado católico inglês Guy Fawkes, membro da chamada Conspiração da Pólvora, tentou explodir o parlamento inglês e matar o rei protestante Jaime I, da Inglaterra. A data foi instituída no país como uma festividade pela sobrevivência do rei e normalmente conta com fogos de artifício e uma grande fogueira. Entretanto, com o passar do tempo, acabou virando uma festa para malhar Fawkes, com sua máscara sendo queimada nas fogueiras. [N.T.]

– Sabe, fiquei com muita raiva, Gatinho – prosseguiu Alice assim que eles tornaram a se acomodar. – Quando eu vi as travessuras que você estava aprontando, quase cheguei a abrir a janela para lhe deixar na neve! E você teria merecido, seu querido pequeno traquinas! O que tem a dizer em sua defesa? Olhe, não me interrompa! – continuou, com um dedo em riste. – Vou lhe contar todos os seus pecados. Número um: você deu dois gritinhos hoje de manhã enquanto a Dinah lavava o seu rosto. Você não pode negar isso, Gatinho: eu escutei! O que você está dizendo? (Perguntou, fingindo que o gatinho estava falando.) Ela colocou a pata no seu olho? Ora, isso é culpa *sua*, por deixar os olhos abertos; se os tivesse mantido bem fechados, isso não teria acontecido. Agora pare de inventar desculpas e preste atenção! Número dois: você puxou a Floquinho de Neve pelo rabo bem quando eu tinha acabado de colocar o pires de leite diante dela! Ah, você estava com sede, é mesmo? Como sabe que ela também não estava com sede? Agora passemos ao número três: você desenrolou o novelo inteiro enquanto eu estava distraída!

– São três pecados, Gatinho, e você não foi castigado por nenhum. Você sabe que estou acumulando todos os seus castigos para uma semana depois da quarta-feira... Imagine se tivessem acumulado todos os *meus* castigos! – prosseguiu, falando mais consigo mesma do que com o gatinho. – O que *fariam* comigo ao cabo de um ano? Eu seria mandada para a prisão, imagino, quando chegasse o dia. Ou, deixe-me ver, suponhamos que cada castigo fosse ficar sem almoçar: quando chegasse o dia infeliz, eu teria de ficar sem 50 almoços de uma vez só! Bem, acho que não me importaria *tanto assim*! Eu preferiria ficar sem almoçar a comer esses almoços!

– Está ouvindo a neve cair contra as vidraças, Gatinho? Como ela soa agradável e macia! Até parece que tem alguém beijando a janela toda do lado de fora. Eu me pergunto se a neve *ama* as árvores e os campos para beijá-los tão delicadamente assim... E depois ela os cobre bem direitinho com uma manta branca; e talvez diga: "Durmam, queridos, até que o verão retorne." E quando eles despertam no verão, Gatinho, se vestem todos de verde e ficam dançando, sempre que o vento sopra. Oh, como isso é bonito! – exclamou Alice, deixando o novelo cair para poder bater palmas. – E eu de fato *desejaria* que isso fosse verdade! Tenho certeza de que a mata parece sonolenta no outono, quando as folhas estão ficando marrons.

– Gatinho, você sabe jogar xadrez? Olhe, não ria, meu querido, estou falando sério. Porque, quando estávamos jogando agorinha mesmo, você ficou observando como se entendesse; e, quando eu disse "Xeque!", você ronronou! Bem, *foi* um bom xeque, Gatinho, e eu de fato poderia ter vencido, não fosse por aquele desprezível Cavalo, que ficou ziguezagueando por entre as minhas peças. Gatinho, querido, façamos de conta... – E neste ponto eu queria poder lhe dizer metade das coisas que Alice dizia, começando com a expressão favorita dela: "Façamos de conta". Ela havia tido uma longa discussão com a irmã no dia anterior, tudo porque Alice dissera "Façamos de conta que somos reis e rainhas", e sua irmã, que gostava de ser muito precisa, argumentara que elas não podiam, porque eram apenas duas, e restara a Alice dizer: "Bem, *você* pode ser um deles, e eu serei todo o resto". E, certa vez, Alice de fato assustara sua velha babá ao subitamente gritar no ouvido dela: "Babá! Façamos de conta que eu sou uma hiena faminta e que você é um osso".

Mas isso está nos distanciando do discurso de Alice para o gatinho.

– Façamos de conta que você é a Rainha Vermelha, Gatinho! Sabe, acho que se você se sentasse e cruzasse os braços, ficaria igualzinho a ela. Agora seja bonzinho e tente! – E Alice tirou a Rainha Vermelha da mesa e colocou-a diante do gatinho para que ele a usasse como modelo a ser imitado. Mas não deu certo, principalmente porque, segundo Alice, o gatinho se recusava a cruzar os braços da forma correta. Então, para castigá-lo, ela colocou-o diante do espelho, para que ele visse como estava emburrado. – E, se você não melhorar essa cara já, vou fazer você passar para a casa do espelho. O que você acharia *disso*?

— Agora, se você ficar só prestando atenção e não falar tanto, Gatinho, vou lhe contar todas as minhas ideias sobre a casa do espelho. Primeiro, tem o cômodo que você consegue ver através do espelho, que é exatamente como nossa sala de estar, só que as coisas estão em lados opostos. Consigo vê-lo todo quando subo em uma cadeira; vejo tudo, menos a parte que fica atrás da lareira. Oh! Como eu queria poder ver *aquele* pedaço! Quero muito saber se eles acendem a lareira no inverno: nunca *dá* para dizer, a não ser que o fogo produza fumaça, e aí a fumaça sobe por aquele cômodo também. Mas isso pode ser apenas fingimento, só para fazer parecer que a lareira está acesa. Os livros são parecidos com os nossos, só que as palavras estão ao contrário; eu sei disso porque já segurei um livro diante do espelho, e aí eles seguraram outro no outro cômodo.

— Você gostaria de morar na casa do espelho, Gatinho? Será que eles lhe dariam leite lá? Talvez o leite do espelho não seja tão bom de beber... Mas, oh, Gatinho! Agora chegamos ao corredor. Dá para ver uma *nesguinha* do corredor da casa do espelho se você deixar a porta da nossa sala de estar escancarada. E, até onde a vista alcança, ele é muito parecido com o nosso corredor, só que você sabe que ele pode ser muito diferente além desse ponto. Oh, Gatinho! Como seria bom se pudéssemos simplesmente entrar na casa do espelho! Tenho certeza de que tem muitas coisas lindas ali dentro! Façamos de conta que existe um meio de atravessar o espelho e entrar lá de algum modo, Gatinho. Façamos de conta que o espelho ficou todo macio como gaze, para que possamos atravessá-lo. Declaro que agora ele está se tornando uma espécie de névoa! Vai ser fácil o bastante atravessá--lo... — Alice estava sobre a moldura da lareira quando disse isso, apesar de mal saber como havia chegado ali. E inquestionavelmente o espelho *estava* começando a se esvair, como uma névoa brilhante e prateada.

No instante seguinte, Alice atravessara o espelho e pulara ligeiramente para dentro do cômodo da casa do espelho. A primeira coisa que fez foi ver se a lareira estava acesa e ficou muito satisfeita ao descobrir que de fato havia uma lareira real ali, ardendo em chamas tão intensas quanto as da lareira que ela deixara para trás.

"Então vou ficar tão aquecida aqui quanto no antigo cômodo" – pensou Alice. – "Mais aquecida, na verdade, porque aqui não haverá ninguém para me dar uma bronca por eu estar muito perto do fogo. Oh, como vai ser divertido quando eles me virem aqui através do espelho e não puderem me alcançar!"

Em seguida, ela começou a olhar à sua volta e reparou que o que podia ser visto a partir do cômodo antigo era muito corriqueiro e desinteressante, mas que todo o resto era o mais diferente possível. Por exemplo, os quadros na parede perto da lareira pareciam estar todos vivos, e o próprio relógio sobre a moldura da lareira (você sabe que só consegue ver a parte de trás dele no espelho) adquirira o rosto de um velho, que escancarou um sorriso para ela.

"Eles não mantêm este cômodo tão arrumado quanto o outro" – pensou Alice consigo mesma, à medida que reparava várias peças de xadrez dentro da lareira, entre as brasas. No instante seguinte, com um leve "Oh!" de surpresa, ela estava agachada observando-as. As peças de xadrez estavam caminhando, de duas em duas!

– Aqui estão o Rei Vermelho e a Rainha Vermelha – falou Alice sussurrando, por medo de assustar as peças – e lá estão o Rei Branco e a Rainha Branca sentados na borda da pá. E aqui há duas torres caminhando de braços dados. Não acho que eles possam me ouvir – prosseguiu, à medida que aproximava mais a cabeça do chão – e tenho praticamente certeza de que não podem me ver. Tenho a sensação de ser invisível de algum modo...

Naquele momento, alguma coisa começou a chiar na mesa atrás de Alice e fez com que ela virasse a cabeça bem a tempo de ver um dos Peões Brancos rolar e começar a chutar. Ela o observou com muita curiosidade para saber o que aconteceria em seguida.

– É a voz da minha filha! – exclamou a Rainha Branca à medida que passava apressada ao lado do Rei, tão violentamente que o derrubou no chão em meio às brasas. – Minha preciosa Lily! Minha gatinha imperial! – E ela começou a escalar apressada e violentamente a lateral do guarda-fogo.

– Disparate imperial! – disse o Rei, esfregando o nariz machucado com a queda. Ele tinha o direito de estar *um pouco* irritado com a Rainha, pois estava coberto de cinzas da cabeça aos pés.

Alice estava muito ansiosa em ser útil e, como a pobrezinha da Lily estava quase tendo um ataque de tanto gritar, ela rapidamente pegou a Rainha e colocou-a sobre a mesa, ao lado da filhinha barulhenta dela.

A Rainha arquejou e se sentou: o rápido traslado pelo ar a deixara sem fôlego, e, por um instante ou dois, ela não pôde fazer nada além de abraçar em silêncio a pequena Lily. Assim que havia recobrado um pouco do fôlego, gritou um aviso para o Rei Branco, que estava sentado de cara feia entre as cinzas:

– Cuidado com o vulcão!

– Que vulcão? – perguntou o Rei, olhando para o fogo ansiosamente, como se achasse que ali seria o lugar mais provável para se encontrar um vulcão.

– Ele... Me... Explodiu – ofegou a Rainha, que ainda estava um pouco sem ar. – Venha aqui para cima... Da maneira convencional... Não seja explodido!

Alice observou enquanto o Rei Branco lentamente se esforçava para escalar obstáculo por obstáculo, até que ela, por fim, disse:

– Neste ritmo você vai demorar horas para chegar à mesa. Seria bem melhor se eu lhe ajudasse, não acha? – Mas o Rei não deu atenção à pergunta: era muito claro que ele não podia vê-la ou ouvi-la.

Então Alice o pegou com muito cuidado e o levou até a mesa, mais lentamente do que tinha levado a Rainha, para que não o deixasse sem fôlego. Mas, antes de pousá-lo, Alice pensou em aproveitar para tirar um pouco da poeira dele, pois estava muito coberto de cinzas.

Mais tarde, ela disse que jamais em sua vida tinha visto uma cara como a que o Rei fizera quando se viu sendo erguido no ar por uma mão invisível e, depois, espanado. Ele estava perplexo demais para gritar, mas seus olhos e sua boca foram ficando cada vez maiores e mais redondos, até que Alice riu tanto que sua mão tremeu ao ponto de quase deixar o Rei cair no chão.

– Oh! *Por favor,* não faça essas caretas, meu querido! – ela exclamou, esquecendo completamente que o Rei não conseguia ouvi-la. – Você me faz rir tanto que eu mal consigo segurá-lo! E não fique tão boquiaberto assim! Todas as cinzas vão entrar na sua boca... Pronto, agora acho que você está limpo o bastante! – acrescentou, enquanto ajeitava os cabelos dele e pousava-o na mesa perto da Rainha.

O Rei imediatamente caiu de costas e ficou totalmente imóvel. Alice ficou um tanto preocupada com o que ela mesma fizera e deu uma volta pelo quarto para ver se conseguia encontrar água para jogar nele. No entanto, não encontrou nada além de um tinteiro e, quando voltou com o tinteiro, descobriu que o Rei havia se recuperado e que ele e a Rainha estavam conversando um com o outro, sussurrando de medo – tão baixo que Alice mal podia ouvir o que eles falavam.

O Rei dizia:

– Eu lhe garanto, minha querida, tive calafrios até nas pontas das minhas suíças!

Ao que a Rainha retrucou:

– Você não tem suíças.

– O horror daquele momento – prosseguiu o Rei – eu jamais, *jamais* esquecerei!

– Mas você vai esquecer – replicou a Rainha – se não fizer um memorando sobre isso.

Alice observou com muito interesse quando o Rei tirou um enorme livro de memorandos do bolso e começou a escrever. Um súbito pensamento lhe ocorreu, e Alice pegou a extremidade do lápis, que ultrapassava bastante o ombro do rei, e começou a escrever para ele.

O pobre Rei pareceu intrigado e infeliz e lutou contra o lápis por algum tempo sem dizer nada; mas Alice era forte demais para ele, e, por fim, ele disse, ofegante:

— Querida! Eu de fato *tenho de* conseguir um lápis mais fino. Não consigo manusear este nem um pouco: ele fica escrevendo várias coisas que eu não quero escrever...

— Que espécie de coisas? — indagou a Rainha, olhando para o livro (no qual Alice havia escrito "*O cavalo está escorregando pelo atiçador. Ele se equilibra muito mal*"). — Isso não é um memorando dos *seus* sentimentos!

Havia um livro na mesa perto de Alice e, enquanto ela observava sentada o Rei Branco (pois estava um pouco ansiosa em relação a ele e pronta para jogar a tinta do tinteiro caso ele tornasse a desmaiar), folheou o livro para encontrar algum trecho que conseguisse ler, "pois o livro está escrito em uma língua que eu desconheço" — disse ela consigo mesma.

O trecho era o seguinte:

AIVARAGLA
sezilet sosoliga so e avarbmizoC
;mavacnuruf e mavacsorig setnaliuM sO
,sezilígarf sadot ,saçragretse sa E
.mavatirgossa susac sedrevius so E

Ela ficou muito tempo intrigada com aquilo, mas, por fim, teve um pensamento brilhante.

"Ora, é um livro do espelho, é claro! Se eu colocá-lo diante de um espelho, as palavras aparecerão na ordem certa de novo."

Este foi o poema que Alice leu:

## ALGARAVIA

Cozimbrava e os agilosos telizes
Os muialantes giroscavam e furuncavam;
E as esfregarças, todas fragilizes,
E os suiverdes casus assogritavam.
"Cuidado com a Algaravia, meu filho!
As presas que mordem, as garras que agarram!
Cuidado com a ave Jujuba e evite o cadilho
Do fumervoso Tipegam!"

Ele empunhou sua espada vorticosa:
O inimigo aterrante por muito ele buscou
Então, descansou perto da árvore Enfadosa,
Ficou ali e pensou.

E de pé ficou refletindo turbilhoso,
A Algaravia, com olhos em chamas,
Veio bafejando pelo bosque espessoso,
Borbulhando por entre as ramas!

Um, dois! Um, dois! E cada vez mais
A espada vorticosa perfurou!
Ele a matou e, com a cabeça da fera mordaz,
Galonfiante ele voltou.

"Matou vossa mercê a Algaravia?
Dê-me um abraço, meu filho brilhante!
Oh, dia de fabulidade! Pulcro! Pulcroso!"
Riu ele com alegria contagiante.

Cozimbrava e os agilosos telizes
Os muialantes giroscavam e furuncavam;
E as esfregarças, todas fragilizes,
E os suiverdes casus assogritavam.

– Parece muito bonito, mas é difícil *demais* de entender! – disse, depois de terminar a leitura. (Você pode ver que ela não gostava de admitir, mesmo para si mesma, que não tinha conseguido entender nada.) – De algum modo, parece encher a minha mente de ideias... Só que eu não sei exatamente quais ideias! No entanto, *alguém* matou *alguma coisa*: em todo caso, isso ficou claro...

"Mas, oh!" – pensou Alice, subitamente dando um pulo – "Se eu não me apressar, terei de atravessar o espelho de volta antes de ter visto como é o resto da casa! Vamos dar uma olhada primeiro no jardim!" Em um instante, ela já havia saído do cômodo e corrido escada abaixo. Na verdade, não era exatamente uma corrida, mas uma nova invenção de Alice para descer escadas rápida e facilmente, como ela disse a si mesma. Ela simplesmente colocou as pontas dos dedos no corrimão e flutuou delicadamente escada abaixo sem nem sequer tocar os degraus com seus pés. Em seguida, flutuou pelo corredor e teria saído porta afora da mesma maneira, caso não tivesse agarrado o batente. Estava ficando um pouco tonta de tanto flutuar e ficou muito feliz de se ver caminhando outra vez, da maneira natural.

## CAPÍTULO 2
# O JARDIM DE FLORES VIVAS

— Eu teria uma visão muito melhor do jardim — falou Alice consigo mesma — se eu pudesse chegar ao topo daquele monte. E aqui tem uma trilha que leva direto a ele... Pelo menos, não, a trilha não dá lá... (disse, depois de caminhar alguns metros pela trilha e de fazer várias curvas fechadas). — Mas presumo que no fim das contas vá dar sim. Mas como ela é curiosamente sinuosa! Parece mais um saca-rolhas do que uma trilha! Bem, *esta* curva vai dar no monte, presumo... Não, não dá! Essa curva leva direto de volta para a casa! Bem, então vou tentar seguir a trilha pela direção oposta.

E assim ela fez: caminhando para cima e para baixo e testando curva atrás de curva, mas sempre voltando para a casa, não importava o que ela fizesse. De fato, em uma das vezes, quando dobrou uma curva muito mais rápido do que de costume, ela foi de encontro à casa antes que conseguisse parar.

— Não adianta discutir sobre isso — comentou Alice, erguendo o olhar para a casa e fingindo estar discutindo com ela. — Eu *não* vou voltar a entrar ainda. Sei que, assim, eu vou ter de voltar a atravessar o espelho – e voltar para o antigo cômodo –, e minhas aventuras terminariam!

Então, decididamente dando as costas para a casa, Alice tornou a descer a trilha, determinada a prosseguir até que ela chegasse ao monte. Tudo correu bem por alguns instantes, e ela já estava dizendo "Eu realmente *vou* conseguir desta vez..." quando a trilha de repente fez uma curva e balançou (como ela descreveu depois), e, no instante seguinte, Alice se viu de fato entrando pela porta.

– Oh, que pena! – exclamou. – Jamais vi uma casa tão intrometida assim! Jamais!

No entanto, o monte estava totalmente à vista, então não havia nada a fazer além de recomeçar. Desta vez, ela se deparou com um enorme canteiro de flores, bordeado por margaridas e com um salgueiro crescendo no meio.

– Ó, Lírio-Tigre – falou Alice, se dirigindo a um lírio que estava balançando ao vento graciosamente –, eu *queria* que você pudesse falar!

– Nós *podemos* falar – disse o Lírio-Tigre – quando tem alguém com quem valha a pena falar.

Alice ficou tão perplexa que não conseguiu falar por um minuto: aquilo a deixara totalmente sem fôlego. Por fim, como o Lírio-Tigre somente continuou a balançar, ela tornou a falar, timidamente, quase sussurrando.

– E *todas* as flores podem falar?

– Tão bem quanto *você* – replicou o Lírio-Tigre. – E muito mais alto.

– Não é de bom tom que nós falemos primeiro, sabe? – explicou a Rosa. E eu de fato estava me perguntando quando você iria falar! Disse comigo mesma: "O rosto dela parece *um tanto* sensato, apesar de não parecer nada esperto!" Ainda assim, você tem a cor certa, e isso conta bastante.

– Eu não me importo com a cor dela – retrucou o Lírio-Tigre. – Se pelo menos as pétalas dela fossem um pouco mais curvadas, tudo bem.

Alice não gostava de ser criticada, então começou a fazer perguntas.

— Vocês às vezes não sentem medo de ficarem plantados aqui fora, sem ninguém para cuidar de vocês?

— Tem a árvore aqui no meio – disse a Rosa. – Para que mais ela serve?

— Mas o que ela poderia fazer, caso houvesse algum perigo? – indagou Alice.

— Começar a chorar! – berrou uma Margarida – É por isso que ela se chama Salgueiro-Chorão!

— Você não sabia *disso*? – berrou outra Margarida, e então todas elas começaram a gritar ao mesmo tempo, até que o ar pareceu repleto de vozinhas estridentes.

— Silêncio, todas vocês! – exclamou o Lírio-Tigre, se balançando violentamente de um lado para o outro e tremendo de agitação. – Elas sabem que eu não consigo alcançá-las! – arquejou o Lírio, encurvando sua cabeça trêmula na direção de Alice – Senão elas não ousariam fazer isso!

— Deixe isso para lá! – falou Alice, com um tom de voz reconfortante e se agachando até as margaridas, que estavam começando a gritar de novo. – Se não dobrarem essas línguas, vou colher vocês! – sussurrou.

Fez-se silêncio por um instante e várias das margaridas cor-de-rosa ficaram brancas de susto.

— É isso mesmo! – disse o Lírio-Tigre. – As margaridas são as piores de todas. Quando uma fala, todas começam a falar junto, e ouvir o modo como elas não param de falar é o bastante para fazer qualquer um murchar!

— Como é que todas vocês falam tão bem assim? – questionou Alice, na esperança de que as flores ficassem mais bem-humoradas com um elogio. – Já estive em muitos jardins antes, mas nenhuma das flores podia falar.

— Ponha sua mão no chão e sinta a terra – sugeriu o Lírio-Tigre. – Então você vai saber por quê.

Alice fez isso.

— A terra é muito dura, mas eu não consigo entender o que isso tem a ver com o fato de vocês falarem – disse ela.

**21**

— Na maioria dos jardins, eles deixam a terra dos canteiros muito fofa... Assim, as flores ficam sempre dormindo – respondeu o Lírio--Tigre.

Aquilo pareceu um bom motivo, e Alice ficou muito satisfeita em saber.

— Eu nunca tinha pensado nisso antes! – falou.

— Na *minha* opinião, você *nem sequer* pensa – replicou a Rosa com um tom de voz muito severo.

— Jamais vi uma pessoa que parecesse tão burra assim – afirmou uma Violeta, tão subitamente que Alice pulou de susto; a Violeta até então não dissera nada.

— Dobre *sua* língua! – exclamou o Lírio-Tigre. – Até parece que *você* já viu alguma pessoa antes! Você fica com a cabeça sob as folhas, roncando sem parar, até que não sabe mais o que acontece no mundo, assim como um botão de flor!

— Tem mais alguma pessoa no jardim além de mim? – indagou Alice, decidindo não dar atenção ao último comentário da Rosa.

— Tem uma outra flor no jardim que consegue se mexer como você – disse a Rosa. – Eu me pergunto como você faz isso... (– Você está sempre se perguntando coisas – comentou o Lírio-Tigre.) – Mas ela é mais frondosa do que você.

— Ela é parecida comigo? – perguntou Alice com avidez, pois o pensamento lhe passou pela cabeça: "Tem outra garotinha no jardim, em algum lugar!".

— Bem, ela tem a mesma forma esquisita que você – afirmou a Rosa –, mas é mais vermelha... E as pétalas dela são mais curtas, eu acho.

— As pétalas dela são mais próximas umas das outras, quase como uma dália – interrompeu o Lírio-Tigre –, e não espalhadas de qualquer jeito, como as suas.

— Mas a culpa não é *sua* — acrescentou com gentileza a Rosa. — Você está começando a murchar, aí é impossível evitar que suas pétalas fiquem um pouco desarrumadas.

Alice não gostou nem um pouco daquela ideia e, para mudar de assunto, perguntou:

— Ela alguma vez vem aqui?

— Eu me atrevo a dizer que você vai vê-la em breve — disse a Rosa. — Ela é do tipo espinhoso.

— E onde ela usa esses espinhos? — indagou Alice com certa curiosidade.

— Ora, em volta da cabeça dela — retrucou a Rosa. — Estava me perguntando por que *você* também não tem espinhos. Achei que fosse a regra.

— Ela está vindo! — exclamou o Delfínio. — Estou ouvindo os passos dela fazendo tum, tum, tum ao longo da trilha de seixos!

Alice olhou ansiosa à sua volta e descobriu que era a Rainha Vermelha.

— Ela cresceu bastante! — foi o primeiro comentário de Alice. E tinha crescido mesmo: quando Alice a vira pela primeira vez, em meio às cinzas, ela tinha apenas uns oito centímetros de altura e agora lá estava ela, meia cabeça mais alta do que a própria Alice!

— É o ar puro que faz isso — declarou a Rosa. — Aqui fora o ar é maravilhoso.

— Acho que vou falar com ela — disse Alice. Apesar de as flores serem interessantes o bastante, ela teve a sensação de que seria muito mais grandioso falar com uma Rainha de verdade.

— Você não pode fazer isso de jeito nenhum — disse a Rosa. — *Eu* a aconselharia a ir na direção oposta.

Aquilo pareceu um absurdo para Alice que, sem dizer nada, foi imediatamente na direção da Rainha Vermelha. Para a surpresa de Alice, ela perdeu a Rainha de vista por um instante e se viu entrando de novo pela porta da frente.

Um tanto irritada, ela recuou e, depois de procurar em todos os lugares pela Rainha (a quem finalmente avistou, bem ao longe), Alice pensou que, desta vez, testaria o plano de caminhar na direção oposta.

A tentativa foi muito bem-sucedida. Alice não caminhara nem por um minuto antes de se ver cara a cara com a Rainha Vermelha e ter bem à sua vista o monte pelo qual vinha buscando havia tanto tempo.

– De onde você vem? – perguntou a Rainha. – E para onde está indo? Erga o olhar, fale educadamente e não fique o tempo todo brincando com os dedos.

Alice seguiu todas essas orientações e explicou, da melhor maneira possível, que havia perdido o seu caminho.

– Não sei o que você quer dizer com *o seu* caminho – disse a Rainha. – Todos os caminhos por aqui pertencem a *mim*... Mas por que você veio para cá? – acrescentou, com um tom mais simpático. – Faça uma reverência enquanto pensa no que dizer, isso poupa tempo.

Alice ficou um tanto intrigada com aquilo, mas estava muito impressionada com a Rainha para não acreditar naquilo.

– Vou tentar isso quando voltar para casa – falou consigo mesma. – Da próxima vez que eu estiver um pouco atrasada para o almoço.

– Agora está na hora de você responder – decretou a Rainha, olhando para o relógio. – Abra *um pouquinho* mais a boca quando falar e sempre diga "Vossa Majestade".

– Eu só queria ver como era o jardim, Vossa Majestade...

– Muito bem – disse a Rainha, dando um tapinha na cabeça de Alice, coisa da qual ela não gostou nem um pouco –, mas quando você fala "jardim"... *Eu* já vi jardins e, comparado com eles, isso aqui é um matagal.

Alice não se atreveu a contra-argumentar e prosseguiu:

– ...e pensei em tentar encontrar o caminho até o topo daquele monte...

— Quando você diz "monte" — interrompeu a Rainha —, *eu* poderia lhe mostrar alguns que, quando você comparasse, chamaria isso aqui de vale.

— Não iria mesmo — retrucou Alice, surpresa por finalmente ter contradito a Rainha. — Um monte *não pode* ser um vale. Isso é um absurdo.

A Rainha Vermelha balançou a cabeça.

— Você pode chamar isso de "absurdo" se quiser, mas *eu* já ouvi tamanhos absurdos que isso soa tão sensato quanto um dicionário!

Alice tornou a fazer uma reverência, pois ela receava, por conta do tom de voz da Rainha, que ela estivesse *um tanto* ofendida; e continuaram a caminhar em silêncio até que atingiram o topo do pequeno monte.

Por alguns instantes, Alice ficou em pé sem dizer uma palavra, olhando para todas as direções daquela região... E era uma região curiosa demais. Havia vários riachinhos que a atravessavam de um lado a outro, e a terra entre eles era dividida em quadrados por várias cercas vivas, que iam de um riacho a outro.

— Declaro que a terra está demarcada como um enorme tabuleiro de xadrez! — disse Alice, por fim. — Deveria haver alguns homens andando em algum lugar... E de fato há! — acrescentou, encantada, e seu coração palpitou de entusiasmo à medida que prosseguia. — É uma enorme partida de xadrez que está sendo jogada, no mundo todo, caso este *seja* de fato o mundo. Oh, que divertido! Como eu *queria* ser um deles! Não me importaria de ser um Peão, se pelo menos eu pudesse me juntar a eles... Mas é claro que eu *gostaria* ainda mais de ser uma Rainha.

Enquanto dizia isso, Alice olhou timidamente de soslaio para a verdadeira Rainha, mas sua companheira apenas deu um sorriso de satisfação e disse:

— Isso é fácil. Você pode ser o Peão da Rainha Branca, se quiser, pois Lily é jovem demais para jogar. E, para começo de conversa, você está na segunda casa; quando chegar à oitava casa, vai se tornar uma

Rainha. – Exatamente naquele momento, de um modo ou de outro, elas começaram a correr.

Pensando nisso mais tarde, Alice jamais conseguiu descobrir como foi que elas começaram: tudo o que lembra é que estavam correndo de mãos dadas, e a Rainha ia tão rápido que correr era tudo o que Alice podia fazer para acompanhá-la. Ainda assim, a Rainha ficava gritando "Mais rápido! Mais rápido!", mas Alice sentiu que *não* conseguiria ir mais rápido, embora não tivesse fôlego para dizer isso.

O mais curioso de tudo era que as árvores e as outras coisas em volta delas jamais mudavam de lugar: por mais rápido que elas corressem, nunca pareciam ultrapassar nada. "Será que as coisas estão se movendo junto conosco?", pensou a pobre e intrigada Alice. E a Rainha pareceu ter adivinhado os pensamentos dela, pois exclamou:

– Mais rápido! Não tente falar!

Não que Alice tivesse qualquer intenção de fazer *isso*. Tinha a sensação de que jamais conseguiria voltar a falar, pois estava ficando muito sem fôlego. Ainda assim, a Rainha gritava "Mais rápido! Mais rápido!" e arrastava Alice consigo.

– Já estamos quase lá? – Alice finalmente conseguiu arquejar.

– Quase lá! – repetiu a Rainha. – Ora, passamos do lugar faz dez minutos! Mais rápido!

E elas continuaram a correr por um tempo em silêncio, com o vento assoviando nos ouvidos de Alice e quase soprando seus cabelos para fora da cabeça, imaginou ela.

– Agora! Agora! – exclamou a Rainha. – Mais rápido! Mais rápido! – E elas foram tão rápido que pareciam estar planando, mal tocando os pés no chão, até que, subitamente, bem quando Alice estava ficando muito exausta, elas pararam, e Alice se viu sentada no chão, tonta e sem fôlego.

A Rainha a escorou em uma árvore e disse gentilmente:

– Pode descansar um pouco agora.

Alice olhou em volta, muito surpresa.

— Ora, eu de fato acho que estivemos embaixo desta árvore o tempo todo! Tudo continua igual a antes!

— É claro que sim – disse a Rainha. – E você queria o quê?

— Bem, na *nossa* terra – retrucou Alice, ainda um pouco ofegante – se você corre muito rápido por muito tempo, como fizemos, geralmente você chega a outro lugar…

— Que espécie de terra mais lenta! – falou a Rainha. – Já *aqui*, como se pode ver, é preciso correr o máximo que *você* puder para permanecer no mesmo lugar. Se você quiser ir a um lugar diferente tem de correr no mínimo duas vezes mais rápido do que isso!

— Eu preferiria não tentar, por favor! – disse Alice. – Fico muito contente de permanecer aqui. Só que *estou* com muito calor e com muita sede!

— Eu sei do que *você* gostaria! – afirmou a Rainha em tom amigável, retirando uma caixinha de seu bolso. – Quer um biscoito?

Alice pensou que seria falta de educação dizer que não, apesar de aquilo não ser mesmo o que ela queria. Então pegou o biscoito e comeu da melhor maneira que conseguiu, mas ele estava *muito* seco, e ela pensou que jamais havia estado tão perto de engasgar em toda a vida.

— Enquanto você se refresca, vou tirando as medidas – falou a Rainha.

E ela pegou uma fita métrica no bolso e começou a medir o chão e a fincar pequenos pinos aqui e ali.

— Ao final de dois metros – disse, colocando um pino para marcar a distância –, vou lhe dar as instruções. Quer outro biscoito?

— Não, obrigada – respondeu Alice. – Um já *bastou*!

— Matou sua sede, espero – falou a Rainha.

Alice não sabia o que responder, mas felizmente a Rainha não esperou uma resposta e prosseguiu:

— Ao final de *três* metros, vou repetir as instruções por medo de que você as tenha esquecido. Ao final de *quatro* metros, vou me despedir. E ao final de *cinco*, vou embora!

Àquela altura, a Rainha já havia fincado todos os pinos, e Alice observou com muito interesse enquanto ela voltava para a árvore; depois, começou a caminhar lentamente pela fila que ela havia demarcado.

No pino que marcava os dois metros, a Rainha virou o rosto e disse:

– Um peão anda duas casas na primeira vez em que é movido. Então você vai passar muito rápido pela terceira casa – de trem, eu imagino – e em um instante vai chegar à quarta casa. Bem, *essa* casa pertence a Tarari e Tarará. A quinta casa é quase toda água e a sexta pertence a João-Teimoso. Você não vai fazer nenhum comentário?

– Eu... Eu não sabia que tinha de fazer um... – gaguejou Alice.

– Você *deveria* ter dito: "É extremamente gentil de sua parte me contar tudo isso". No entanto, vamos dar isso por dito. A sétima casa é toda uma floresta... Mas um dos Cavaleiros vai lhe mostrar o caminho. E na oitava casa seremos Rainhas juntas, e tudo é festa e diversão!

Alice se levantou, fez uma reverência e tornou a sentar-se.

No pino seguinte, a Rainha tornou a se virar, e dessa vez ela disse:

– Fale em francês quando você não conseguir pensar em uma palavra para descrever alguma coisa... Ande com as pontas dos pés para fora... E lembre-se de quem você é! – Dessa vez ela não esperou pela reverência de Alice e caminhou rapidamente até o próximo pino, onde se virou por um instante para se despedir, e depois foi apressada para o último pino.

Alice nunca soube como aquilo aconteceu, mas, assim que chegou ao último pino, a Rainha desapareceu. Se ela se dissipou no ar ou se correu rapidamente para a mata ("e ela de fato *consegue* correr muito rápido!" – pensou Alice), não havia como adivinhar, mas ela tinha ido embora, e Alice começou a se lembrar de que ela era um Peão e de que logo chegaria a vez dela de se mover.

## CAPÍTULO 3
# INSETOS DO ESPELHO

Decerto a primeira coisa a fazer era um grandioso mapeamento daquela região pela qual ela iria viajar. "É algo muito parecido com aprender Geografia" – pensou Alice, enquanto ficava na ponta dos pés para ver se conseguia ver um pouco mais longe. "Rios principais… Não *há* nenhum. Montanhas principais… Estou na única delas, mas não acho que ela tenha nome. Cidades principais… Ora, o que *são* aquelas criaturas que estão fazendo mel ali embaixo? Não podem ser abelhas… Ninguém jamais viu abelhas a 1,5 quilômetro de distância…" E durante algum tempo ela ficou em silêncio, observando uma das criaturas que se movia alvoroçadamente entre as flores, fincando sua tromba nelas, "exatamente como se fosse uma abelha comum" – pensou Alice.

No entanto, aquilo era qualquer coisa menos uma abelha comum: na verdade, era um elefante, como Alice logo descobriu, apesar de, a princípio, a simples ideia daquilo ter tirado o fôlego dela. "E aquelas flores devem ser enormes!" – pensou, em seguida. "Devem ser como cabanas sem telhados e com caules e devem render uma enorme quantidade de mel! Acho que vou descer e… Não, *ainda* não" – prosseguiu pensando, reconsiderando o que faria enquanto começava a correr monte abaixo e tentando encontrar alguma desculpa para sua súbita timidez. "Não adianta descer e ficar entre eles sem ter uma vara longa para tangê-los... E vai ser muito divertido quando me perguntarem o quanto gostei do passeio. Vou dizer: 'Oh, gostei bastante...'" – (e aqui ela fez sua balançadinha de cabeça favorita) – "só que fazia calor e tinha muita poeira, e os elefantes incomodaram muito!"

– Acho que vou descer pelo outro lado – disse, depois de uma pausa – e talvez eu visite os elefantes mais tarde. Além do mais, eu quero muito chegar à terceira casa!

Então, com essa desculpa, Alice correu monte abaixo e pulou sobre o primeiro dos seis riachinhos.

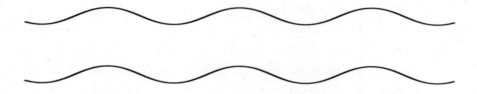

– Passagens, por favor! – disse o Guarda, colocando a cabeça na janela. Em um instante, todos seguravam uma passagem: elas tinham quase o mesmo tamanho que as pessoas e pareciam preencher todo o vagão.

– Agora! Mostre sua passagem, garota! – prosseguiu o Guarda, olhando com irritação para Alice. E muitas vozes disseram em uníssono ("como no refrão de uma canção" – pensou Alice):

– Não o deixe esperando, garota! Ora, o tempo dele vale mil libras por minuto!

– Me desculpe, mas não tenho passagem – falou Alice assustada. – Não havia bilheteria no lugar de onde eu vim.

E, mais uma vez, o coro de vozes falou:

– Não havia espaço para bilheteria no lugar de onde ela veio. A terra lá vale mil libras por metro!

— Não invente desculpas — disse o Guarda. — Você deveria ter comprado uma com o maquinista.

E, mais uma vez, o coro de vozes disse:

— O homem que conduz a máquina. Ora, só a fumaça vale mil libras a baforada!

Alice pensou consigo mesma: "Não adianta falar." O coro não soou dessa vez, pois ela não havia falado, mas, para sua grande surpresa, todos eles *pensaram* em coro (espero que você entenda o que significa *pensar em coro*, pois devo confessar que *eu* não sei): "É melhor não dizer nada. A linguagem vale mil libras por palavra!"

"Vou sonhar com mil libras esta noite, eu sei que vou!" – pensou Alice.

Durante todo aquele tempo, o Guarda estava olhando para ela; primeiro por um telescópio, depois por um microscópio e, em seguida, por um binóculo de teatro. Por fim, ele disse:

— Você está viajando na direção errada — fechou a janela e foi embora.

— Uma criança tão pequena — disse o cavalheiro sentado em frente a Alice (ele estava vestido com papel branco) — deveria saber para onde está indo, mesmo que não saiba seu próprio nome!

Uma Cabra, que estava sentada ao lado do cavalheiro de branco, fechou os olhos e disse alto:

— Ela deveria saber o caminho da bilheteria, mesmo que não saiba o beabá!

Havia um Besouro sentado ao lado da Cabra (aquele era um vagão estranho, totalmente lotado de passageiros), e, como a regra parecia ser que eles deveriam falar cada um de uma vez, *ele* prosseguiu com:

— Ela vai ter de voltar daqui como bagagem!

Alice não podia ver quem estava sentado atrás do Besouro, mas uma voz acavalada falou em seguida.

— Troca de locomotivas... — disse, e foi obrigado a parar.

"Parece um cavalo" – pensou Alice consigo mesma. E uma vozinha muito baixa falou ao pé do ouvido dela:

– Você poderia até fazer um trocadilho com isso: algo sobre "cavalo" e "cavalada".

Em seguida, uma voz delicada e distante disse:

– Ela tem de viajar com a seguinte etiqueta: "Menininha. Cuidado. Frágil."

E, depois disso, outras vozes surgiram ("Quanta gente tem neste vagão!" – pensou Alice), dizendo:

– Ela deve ser enviada por correio, uma vez que tem uma cabeça no corpo...

– Ela deve ser enviada como uma mensagem por telégrafo...

– Ela deve empurrar o trem sozinha pelo resto da viagem... – e por aí vai.

Mas o cavalheiro que vestia papel branco se inclinou para frente e sussurrou nos ouvidos de Alice:

– Não ligue para o que eles estão dizendo, querida, mas pegue uma passagem de volta sempre que o trem parar.

– Mas é claro que não vou fazer isso! – falou Alice, com muita impaciência. – Eu não tenho nada a ver com esta viagem de trem. Agora mesmo eu estava em uma mata... E queria poder voltar para lá.

– Você bem podia fazer um trocadilho com *isso* – disse a vozinha ao pé do ouvido de Alice. – Algo como "eu *queria*, mas não podia".

– Não me irrite – falou Alice, olhando em vão ao redor para ver de onde vinha a voz. – Se você está tão ansioso assim para ouvir um trocadilho, por que não faz um você mesmo?

A vozinha suspirou fundo: ela estava *muito* infeliz, evidentemente, e Alice, por pena, teria feito algum comentário para reconfortá-la: "Se pelo menos ela suspirasse como as outras pessoas!" – pensou Alice. Mas aquele foi um suspiro tão maravilhosamente curto que Alice sequer o teria ouvido caso não tivesse vindo *tão* de perto de seu ouvido. A consequência disso foi que o suspiro fez muitas cócegas no ouvido dela, fazendo com que ela deixasse de pensar na infelicidade da pobre criaturinha.

— Sei que você é uma amiga — prosseguiu a vozinha. — Uma amiga querida, uma velha amiga. E você não vai me machucar, apesar de eu *ser* um inseto.

— Que tipo de inseto? — indagou Alice, um tanto ansiosa. O que ela realmente queria saber era se ele tinha ou não ferrão, mas pensou que seria falta de educação perguntar.

— O quê? Então você não... — começou a vozinha, mais foi abafada pelo chiado alto da locomotiva, e todos pularam de susto, inclusive Alice.

O Cavalo, que havia colocado a cabeça para fora da janela, tranquilamente tornou a botar a cabeça para dentro do vagão e disse:

— Só temos de pular um riacho.

Todos pareceram satisfeitos com isso, mas Alice ficou um tanto nervosa com a ideia de trens pularem.

— No entanto, isso vai nos levar para a quarta casa, o que é um alívio! — falou consigo mesma. No instante seguinte, ela sentiu o vagão se elevar no ar e, com medo, agarrou a coisa mais próxima de sua mão, que por acaso era o cavanhaque da Cabra.

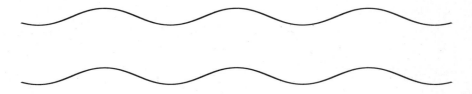

Mas o cavanhaque pareceu derreter quando ela o tocou, e Alice se viu sentada em silêncio sob uma árvore, enquanto o Borrachudo (era esse o inseto com quem vinha falando) se equilibrava em um graveto logo acima dela, abanando-a com as asas.

Certamente era um Borrachudo *muito* grande: "mais ou menos do tamanho de uma galinha" — pensou Alice. Ainda assim, não podia ficar nervosa com ele depois que haviam passado tanto tempo conversando.

— ...então você não gosta de todos os insetos? — prosseguiu o Borrachudo, tão tranquilamente quanto se nada tivesse acontecido.

— Gosto deles quando podem falar — retrucou Alice. — No lugar de onde *eu* venho, nenhum deles jamais fala.

—Você se regozija com que tipos de insetos, no lugar de onde *você* vem? — indagou o Borrachudo.

— Eu não *me regozijo* com inseto nenhum, porque eu tenho muito medo deles... Pelo menos dos grandes — explicou Alice. — Mas posso lhe dizer os nomes de alguns deles.

— Decerto eles atendem pelo nome, não é? — comentou despreocupadamente o Borrachudo.

— Jamais os vi fazer isso.

— De que servem os nomes, então, se os insetos não atendem por eles? — questionou o Borrachudo.

— *Eles* não têm nenhuma serventia — respondeu Alice. — Mas eu presumo que tenha alguma utilidade para as pessoas que os nomeiam. Se não, por que as coisas têm nomes?

— Não sei dizer — replicou o Borrachudo. — Mais adiante, naquela mata ali embaixo, eles não têm nomes... Mas prossiga com sua lista de insetos: você está desperdiçando tempo.

— Bem, tem a mutuca — começou Alice, contando os nomes nos dedos.

— Certo — disse o Borrachudo. — A meio caminho da subida até aquela mata, você vai ver um Mutucavalo. Ele é todo feito de madeira e se move balançando de galho em galho.

— E ele come o quê? — indagou Alice, muito curiosa.

— Seiva e serragem — retrucou o Borrachudo. — Continue com a lista.

Alice olhou para o Mutucavalo com muito interesse e se convenceu de que ele devia ter acabado de ganhar uma nova pintura, pois estava brilhante e parecia pegajoso; depois, prosseguiu.

— E tem a libélula.

— Olhe para o galho acima da sua cabeça — falou o Borrachudo — e você vai ver uma Libélula de Natal. O corpo dela é feito de pudim de ameixa, as asas de azevinho e a cabeça é uma uva-passa flambando.

— E o que ela come?

— Manjar branco e torta de carne moída — replicou o Borrachudo. — E ela faz seu ninho em uma caixinha de Natal.

— E tem também a borboleta — prosseguiu Alice, depois de ter olhado bastante para o inseto com a cabeça em chamas e de ter pensado: "Me pergunto se este é o motivo para que os insetos gostem tanto de voar de encontro às chamas das velas... Porque eles querem virar Libélulas de Natal!"

— Rastejando perto dos seus pés — disse o Borrachudo (Alice deu um passo para trás, um tanto alarmada) —, você pode observar uma Borboleta Pão com Manteiga. As asas dela são fatias finas de pão com manteiga, o corpo dela é a casca do pão e a cabeça, um torrão de açúcar.

— E o que *ela* come?

— Chá fraco com creme.

Uma nova dificuldade ocorreu a Alice.

— E se ela não conseguisse encontrar chá e creme? — sugeriu.

— Então ela morreria, é claro.

— Mas isso deve acontecer com muita frequência — comentou Alice, pensativa.

— Acontece sempre — retrucou o Borrachudo.

Depois disso, Alice ficou em silêncio por um minuto ou dois, ponderando. O Borrachudo se manteve entretido zumbindo em volta da cabeça dela. Por fim, parou e comentou:

— Presumo que você não queira perder o seu nome, não é?

— Certamente que não — falou Alice, um tanto ansiosa.

— E, ainda assim, eu não sei — prosseguiu distraidamente o Borrachudo —, mas pense só como seria conveniente se você conseguisse voltar para casa sem o seu nome! Por exemplo, se a preceptora quisesse lhe chamar para lhe tomar a lição, ela diria "venha aqui..." e teria de parar aí, porque não haveria nenhum nome para ela chamar e é claro que você não teria que ir.

— Isso jamais daria certo — retrucou Alice. — A preceptora jamais cogitaria deixar de me tomar a lição por causa disso. Se ela não conseguisse se lembrar do meu nome, me chamaria de "senhorita", como fazem todos os criados.

— Bem, se ela dissesse "senhorita" e mais nada, você poderia dizer que de fato está sem hora para estudar — comentou o Borrachudo. — Foi uma piada. Eu queria que *você* a tivesse feito.

— Por que você queria que *eu* a tivesse feito? — indagou Alice. — É uma piada péssima.

Mas o Borrachudo apenas suspirou fundo, enquanto duas grandes lágrimas escorriam em suas bochechas.

— Você não deveria fazer piadas se elas te deixam tão infeliz assim — falou Alice.

Depois veio outra leva de pequenos suspiros de melancolia, e desta vez o pobre Borrachudo pareceu de fato suspirar até morrer, pois, quando Alice olhou para cima, não havia nada para ver no graveto. Como ela estava ficando com muito frio por estar sentada imóvel por tanto tempo, se levantou e prosseguiu caminhando.

Alice em breve chegou a uma clareira que tinha uma mata na outra extremidade: essa mata parecia muito mais escura do que a anterior, e Alice ficou um *pouco* intimidada de entrar nela. No entanto, pensando melhor, ela decidiu entrar: "pois eu certamente não *voltarei*" — pensou consigo mesma, e aquele era o único caminho para a oitava casa.

— Esta deve ser a mata em que as coisas não têm nomes — disse Alice para si mesma, pensativa. — Eu me pergunto o que será do *meu* nome depois que eu entrar nela. Não gostaria nem um pouco de perdê-lo, porque aí teriam de me dar outro, e tenho quase certeza de que seria um nome feio. Mas aí a diversão seria tentar encontrar a criatura que ficou com meu antigo nome! Isso é como naqueles cartazes, quando as pessoas perderam cachorros: "*atende pelo nome 'Dash' e tem uma coleira de latão*". Imagine só chamar de "Alice" tudo o que você encontrar, até que alguma coisa responda! Só que, se a coisa for esperta, não vai responder.

Ela estava divagando desse jeito quando chegou na mata, que parecia ter uma temperatura muito fresca e era cheia de sombra.

— Bem, de todo modo, é um alívio enorme — disse ela enquanto ficava sob as árvores — depois de passar tanto calor, entrar na... *No quê?* — prosseguiu, muito surpresa por não conseguir pensar na palavra. — Quero dizer, ficar embaixo de... Embaixo de... Embaixo *disso aqui*! — falou, colocando a mão no tronco da árvore. — Eu me pergunto *como* é mesmo o nome disso? De fato acho que não tem nome... Ora, tenho certeza de que não tem!

Ela ficou em silêncio por um minuto, pensando; depois, recomeçou subitamente.

— No fim das contas isso realmente aconteceu! E agora, quem sou eu? *Vou* lembrar, se conseguir! Estou decidida a fazê-lo! — Mas estar decidida não tinha muita utilidade, e tudo o que Alice conseguiu dizer, depois de ficar muito tempo intrigada, foi: — L, eu *sei* que começa com L!

Naquele momento, chegou um Cervo caminhando sem direção: ele olhou para Alice com seus olhos grandes e gentis, mas não pareceu nem um pouco assustado.

— Venha aqui! Venha aqui! — chamou Alice, enquanto estendia a mão e tentava fazer carinho nele. Mas o Cervo apenas recuou um pouco e depois ficou olhando para ela outra vez.

— Como você se chama? — disse, por fim, o Cervo. Que voz suave e doce ele tinha!

"Eu bem gostaria de saber!" — pensou a pobre Alice. Ela respondeu, muito triste:

— Não sei, e isso aconteceu agora.

— Pense melhor — disse o Cervo. — Assim não dá.

Alice pensou, mas não lhe ocorreu nada.

— Por favor, poderia me dizer como *você* se chama? — ela perguntou timidamente. — Acho que isso pode ajudar um pouco.

— Eu lhe digo se você for um pouco mais para longe — falou o Cervo. — Aqui eu não consigo lembrar.

Então eles caminharam juntos pela mata, com Alice carinhosamente passando os braços em volta do pescoço macio do Cervo, até que eles chegaram a outra clareira, e ali o Cervo subitamente saltou, desvencilhando-se dos braços de Alice.

– Sou um Cervo! – exclamou, encantado. – E, minha nossa, você é uma criança humana! – Um súbito olhar alarmado se estampou nos olhos castanhos do Cervo, que, no instante seguinte, saíra disparado dali.

Alice ficou ali olhando-o partir e estava prestes a chorar de irritação por ter perdido seu querido companheiro de viagem tão subitamente.

– Pelo menos agora sei meu nome – falou. – Isso é *um pouco* reconfortante. Alice… Alice… Não tornarei a esquecer. Agora me pergunto qual dessas placas devo seguir?

Aquela não foi uma pergunta difícil de responder, uma vez que só havia uma trilha que atravessava a mata e as duas placas apontavam para ela.

–Vou me decidir quando a trilha se bifurcar e as placas apontarem para caminhos diferentes – falou Alice consigo mesma.

Mas não parecia provável que isso acontecesse. Ela prosseguiu e prosseguiu, por um longo caminho, mas, sempre que a trilha se bifurcava, era certo que haveria duas placas apontando na mesma direção, uma dizendo "POR AQUI, CASA DE TARARI" e a outra "CASA DE TARARÁ, POR AQUI".

– Realmente acho que eles moram na mesma casa! – disse, por fim, Alice. – Eu me pergunto por que jamais pensei nisso antes… Mas não posso me demorar lá. Vou simplesmente chamá-los e dizer "como vão vocês", depois perguntar como se sai da mata. Se pelo menos eu conseguisse chegar à oitava casa antes de escurecer! – Alice continuou andando sem direção, falando consigo mesma enquanto andava, até que, depois de dobrar uma curva fechada, se deparou com dois homens atarracados, tão subitamente que ela não conseguiu evitar levar um susto. Mas ela se recompôs em um instante, certa de quem eles deveriam ser.

## CAPÍTULO 4
# TARARI E TARARÁ

Eles estavam de pé sob uma árvore, cada um com um braço em volta do pescoço do outro, e no mesmo instante Alice soube quem era quem, pois um deles tinha "RARI" bordado na gola da camisa e o outro, "RARÁ".

— Presumo que cada um deles tenha "TA" bordado na parte de trás da gola — falou Alice consigo mesma.

Eles estavam tão imóveis que Alice esqueceu que estavam vivos e ficou olhando em volta deles para ver se havia a sílaba "TA" na parte de trás de cada gola, quando ela levou um susto com a voz daquele que tinha "RARI" na gola.

— Se você acha que somos esculturas de cera, é melhor pagar — ele disse. — Esculturas de cera não foram feitas para serem vistas, em hipótese alguma!

— Pelo contrário — acrescentou o que tinha "RARÁ" na gola —, se você acha que estamos vivos, deveria falar.

— Lamento muito — foi tudo o que Alice conseguiu dizer, pois a letra da antiga canção ficava vindo em sua mente como o tique-taque de um relógio, e ela mal conseguiu evitar dizê-la em voz alta:

Tarari e Tarará
Concordaram em começar um ralho,
Pois Tarari falou que Tarará
Tinha quebrado seu lindo e novo chocalho.
Então veio voando um corvo monstruoso,
Preto feito carvão,
Que deixou cada um dos heróis tão nervoso
Que eles esqueceram a discussão.

– Sei no que você está pensando – disse Tarari –, mas não é assim, em hipótese alguma.

– Pelo contrário – continuou Tarará –, se assim fosse, poderia ser; e se de fato fosse, seria; mas como não é, não é. Isso é lógico.

– Eu estava pensando... – falou Alice muito educadamente – ...qual o melhor caminho para sair desta mata, pois está ficando escuro demais. Vocês poderiam me dizer, por favor?

Mas os dois homenzinhos apenas se entreolharam e escancararam sorrisos.

Eles eram tão exatamente iguais a uma dupla de grandes colegiais que Alice não conseguiu evitar apontar o dedo para Tarari e dizer:

– Primeiro menino!

– Em hipótese alguma! – exclamou abruptamente Tarari, fechando a boca com um estalo.

– Próximo menino! – falou Alice, passando para Tarará, apesar de ela ter tido certeza de que ele somente gritaria "Pelo contrário!", e foi o que ele fez.

– Você está errada! – exclamou Tarari. – A primeira coisa a se fazer em uma visita é dizer "Como vai você?" e dar um aperto de mãos! – E assim os dois irmãos se abraçaram e depois estenderam as mãos que estavam livres para apertar a mão de Alice.

Ela não gostou da ideia de apertar primeiro a mão de nenhum dos dois, por medo de ferir os sentimentos do outro. Então, como solução para esse dilema, apertou as mãos dos dois ao mesmo tempo: no instante seguinte, eles estavam fazendo uma dança de roda. Isso pareceu muito natural (Alice lembrou depois), e ela nem ficou surpresa ao ouvir tocar uma música que parecia vir debaixo da árvore sob a qual eles dançavam e era produzida (tão bem quanto Alice pôde distinguir) pelos galhos roçando uns nos outros, como rabecas e arcos de rabeca.

— Mas decerto *foi* engraçado — comentou Alice depois, quando contou toda esta historia para a irmã — me ver cantando *Ciranda, cirandinha*. Não sei quando comecei a cantar, mas de algum modo tive a sensação de ter cantado por muito, muito tempo!

Os outros dois dançarinos eram gordos e logo perderam o fôlego.

— Quatro voltas é o bastante para uma dança — arquejou Tarari, e eles pararam de dançar tão subitamente quanto haviam começado. A música parou no mesmo momento.

Então eles soltaram as mãos de Alice e ficaram olhando para ela por um minuto. Fez-se uma pausa muito incômoda, pois Alice não sabia como iniciar uma conversa com pessoas com as quais acabara de dançar.

— *Agora* não vai adiantar nada dizer "Como você está" — disse consigo mesma. — De algum modo, parece que já passamos desse momento! — E finalmente falou:

— Espero que vocês não estejam muito cansados.

— Em hipótese alguma. E *muito* obrigado por perguntar — retrucou Tarari.

— *Muitíssimo* obrigado! — acrescentou Tarará. — Você gosta de poesia?

— Si-im, bastante... de *algumas* poesias — falou Alice sem convicção. — Você poderia me dizer qual é a trilha que leva para fora da mata?

— Qual poema devo recitar para ela? — disse Tarará, olhando em volta de Tarari com olhos muito solenes e sem reparar na pergunta de Alice.

– "A Morsa e o Carpinteiro" é o mais longo – replicou Tarari, dando um abraço carinhoso no irmão.

Tarará começou na mesma hora:

– No mar o sol...

Nesse momento, Alice se arriscou a interrompê-lo.

– Caso seja *muito* longo – falou ela da maneira mais educada que conseguiu –, você poderia primeiro me dizer qual é a trilha...

Tarará deu um sorriso delicado e recomeçou:

No mar o sol brilhava
Com todo o seu poder:
Ele deu o seu melhor
Para das nuvens radiantes fazer.
E isso foi estranho, pois
Faltava muito para amanhecer.

A lua brilhou triste,
Pois, na sua opinião,
O sol não devia estar ali
Em meio à escuridão.
"Que grosseria", disse ela,
Ele estragar a diversão!

O mar, tão molhado quanto a água,
As areias, pura sequidão.
Não se via uma só nuvem
Na celestial imensidão:
Não se viam pássaros acima...
Nem passarinho nem passarão.
A Morsa e o Carpinteiro
Caminhavam bem juntinhos
E choraram muito ao ver

Tanta areia no caminho:
"Se varressem essa areia,
Brindaríamos com vinho!"

"Se sete damas com vassouras
Varressem um semestre,
Você acha", disse a Morsa,
"Que limpariam tudo, mestre?"
"Duvido", disse o Carpinteiro,
Com uma lágrima pedestre.

"Ó, ostras, venham passear!"
Pôs-se a Morsa a suplicar.
"Um bom passeio, um bom passeio
Pela orla deste mar.
Só não venham mais de quatro,
Pois não teremos mãos para dar."

A mais velha olhou para ele,
Mas ficou sem falar.
Deu uma boa piscadela
E balançou a cabeça no ar,
Indicando que queria
Em seu leito de ostra ficar.

Mas quatro ostrinhas se apressaram,
Ávidas pelo passeio:
Com casacos escovados, rostos lavados
E sapatos limpos com asseio.
E isso era estranho, porque, sabe,
Elas nem pés tinham, eu receio.

Mais quatro ostras os seguiram,
E ainda quatro mais;
E uma multidão acabou vindo
Muito rápido, zás-trás…
Saltitando pelas ondas
De maneira bem voraz.

A Morsa e o Carpinteiro
Por um tempo caminharam,
E então em uma pedra
Bem baixa se sentaram:
E todas as ostrinhas
Em fila aguardaram.

"Chegou a hora", disse a Morsa,
"De falar de muitos temas:
De sapatos, e navios, e repolhos…
De reis e de problemas…
E de por que o mar ferve…
E se porcos fazem poemas."

"Mas espere", pediram as ostrinhas,
"Antes de começar a discussão;
Pois algumas não têm fôlego,
E todas muito gordas estão!"
"Sem pressa!", disse o Carpinteiro.
E elas o agradeceram muito, então.

"Um pão", falou a Morsa,
"É tudo de que precisamos;
De pimenta e vinagre
Nós também gostamos…

E caso estejam prontas, ostrinhas,
Aí banqueteamos."

"Mas não a nós", pediram as ostrinhas,
E tristes foram ficando.
"Depois de tanta gentileza,
Seria desumano!"
"Que noite linda", disse a Morsa,
"A vista estão admirando?"

"Foi bom que tenham vindo!
Gentileza sem tamanho!"
E o Carpinteiro apenas disse:
"Mais pão, seu tacanho!
Se você fosse menos surdo...
Outra fatia eu tinha ganho!"

"É uma pena", a Morsa disse,
"Enganá-las desse jeito,
Depois que as trouxemos aqui
E as tiramos de seu leito!"
E o Carpinteiro apenas disse:
"O manjar está perfeito!"

"Choro por vocês", a Morsa disse.
"Lamento de verdade."
Entre prantos e soluços,
Ordenou-as por idade.
Com seu lenço em mãos

E chorando sem maldade.

"Ó, ostras", disse o Carpinteiro
"Tarde vocês já vão!
Que tal amanhã outro passeio?"
Mas ninguém respondeu, não...
O que nem foi estranho,
Pois não sobrou ostra no chão.

– Eu gosto mais da Morsa – comentou Alice. – Porque dá pra ver que ela ficou *um pouco* triste pelas pobres ostras.

– Mas ela comeu mais do que o Carpinteiro – falou Tarará. – Ela ficou com o lenço na frente do rosto para que o Carpinteiro não pudesse ver quantas ela comia. Pelo contrário.

– Que maldade! – Alice retrucou, indignada. – Então, eu gosto mais do Carpinteiro... Se é verdade que ele não comeu tantas ostras quanto a Morsa.

– Mas ele comeu tantas quantas conseguiu pegar – disse Tarari.

Aquilo era um enigma. Depois de uma pausa, Alice recomeçou a falar:

– Bem! *Ambos* são personagens muito desagradáveis...

Naquele momento, ela, um tanto alarmada, repensou o que pretendia fazer, pois ouviu, na mata perto deles, algo que soou como a baforada de uma grande locomotiva a vapor, apesar de recear que fosse mais provável ser alguma fera selvagem.

– Tem leões ou tigres por aqui? – indagou timidamente.

– É só o Rei Vermelho roncando – replicou Tarará.

– Venha vê-lo! – exclamaram os irmãos, e cada um pegou uma das mãos de Alice para levá-la para onde o Rei dormia.

– Ele não é *lindo* de se ver? – comentou Tarari.

Alice sinceramente não podia dizer que era lindo de se ver. Ele vestia uma touca vermelha de dormir com um pompom e estava deitado todo encolhido, formando uma massa desordenada, e roncando alto.

— Praticamente roncando até quase arrancar a própria cabeça! — conforme comentou Tarari.

— Receio que ele vá pegar um resfriado por ficar deitado na grama úmida — falou Alice, que era uma menininha muito precavida.

— Ele está sonhando agora — disse Tarará. — Com o que você acha que ele está sonhando?

— Ninguém tem como saber — replicou Alice.

— Ora, com *você*! — exclamou Tarará, batendo palmas, triunfante. — E se ele parasse de sonhar com você, onde acha que você estaria?

— Onde estou agora, é claro — respondeu Alice.

— Não você! — retrucou desdenhosamente Tarará. — Você não estaria em lugar nenhum. Ora, você é apenas uma espécie de coisa no sonho dele!

— Se aquele Rei dali acordasse, você se dissiparia — puft! —, assim como a chama de uma vela! — acrescentou Tarari.

— Não mesmo! — exclamou Alice, indignada. — Além disso, se *eu sou* apenas uma espécie de coisa no sonho dele, *vocês* são o que então, eu gostaria de saber?

— Idem — disse Tarari.

— Idem, idem — berrou Tarará.

Ele gritou aquilo tão alto que Alice não conseguiu evitar dizer:

— Chiu! Receio que você vá acordá-lo se fizer tanto barulho.

— Ora, de nada adianta *você* falar sobre acordá-lo — alertou Tarari —, uma vez que é apenas uma das coisas no sonho dele. Você sabe muito bem que você não é real.

— Eu *sou* real! — replicou Alice, e começou a chorar.

— Você não vai se tornar um pouco mais real ao chorar — comentou Tarará. — Não há motivo para chorar.

— Se eu não fosse real — falou Alice, meio que rindo em meio às lágrimas, pois aquilo tudo parecia muito ridículo —, eu não seria capaz de chorar.

— Espero que você não esteja achando que essas lágrimas sejam de verdade — interrompeu Tarari com um tom de profundo desdém.

"Sei que eles falam disparates" — pensou Alice consigo mesma — "e é bobagem chorar por isso". Então ela enxugou as lágrimas e prosseguiu falando com o máximo de alegria que pôde.

— De todo modo, é melhor eu ir saindo da mata, pois de fato está escurecendo muito. Vocês acham que vai chover?

Tarari abriu um enorme guarda-chuva sobre ele e seu irmão, levantou a cabeça e ficou olhando dentro dele.

— Não, acho que não — disse ele. — Pelo menos... Não *aqui* embaixo. Em hipótese alguma.

— Mas então talvez chova aqui *fora*?

— Talvez... Se a chuva quiser cair — retrucou Tarará. — Nós não temos nenhuma objeção. Pelo contrário.

"Criaturas egoístas!" — pensou Alice, e ela ia só dizer "Boa noite" e sair dali quando Tarari saltou de baixo do guarda-chuva e agarrou-a pelo pulso.

— Está vendo *aquilo*? — indagou ele, com a voz embargada de emoção, e seus olhos ficaram arregalados e amarelados em um instante, à medida que apontava com um dedo trêmulo para uma coisinha branca embaixo da árvore.

— É só um chocalho — respondeu Alice, depois de examinar cuidadosamente a coisinha branca. — Não um chocalho de *cascavel* — acrescentou apressadamente, pensando que ele tivesse ficado assustado. — É só um chocalho velho. Bem velho e quebrado.

— Eu sabia! — exclamou Tarari, começando a pisotear o chão e a puxar o próprio cabelo. — Está quebrado, é claro!

Naquele momento, ele olhou para Tarará, que imediatamente se sentou no chão e tentou se esconder embaixo do guarda-chuva.

Alice colocou a mão no braço dele e disse com um tom de voz reconfortante:

— Você não precisa se exaltar tanto por conta de um chocalho velho.

— Mas ele não é velho! — exclamou Tarari, mais furioso do que nunca. — Ele é novo, estou lhe dizendo. Eu o comprei ontem... Meu lindo e novo CHOCALHO! — e o som da voz dele aumentou até se tornar um grito perfeito.

Durante todo esse tempo, Tarará fez o melhor que pôde para fechar o guarda-chuva consigo mesmo ainda sob ele. Aquilo era uma coisa tão extraordinária de se fazer que desviou a atenção de Alice do irmão raivoso. Mas ele não conseguiu e terminou rolando no chão atracado com o guarda-chuva, só com a cabeça para fora. E ficou deitado ali, abrindo e fechando a boca e os grandes olhos, "parecendo mais um peixe do que qualquer outra coisa" — pensou Alice.

— Decerto você concorda em travar uma batalha, não é? — disse Tarari com um tom de voz mais calmo.

— Acho que sim — replicou o outro, de cara emburrada, à medida que se arrastava para fora do guarda-chuva. — Só *ela* deve nos ajudar a vestir as armaduras, você sabe.

Então os dois irmãos entraram na mata de mãos dadas e voltaram em um instante com os braços cheios de coisas: almofadas, cobertores, tapetes de lareira, toalhas de mesa, campânulas e baldes de carvão.

— Espero que você seja boa em pregar e amarrar fios — comentou Tarari. — Temos de vestir cada uma destas coisas, de um modo ou de outro.

Alice disse depois que jamais havia visto tanto escândalo por uma coisa em toda sua vida. O modo como os dois estavam agitados, a quantidade de coisas que eles vestiram e o incômodo que eles a fizeram passar amarrando cordas e fechando botões.

— Na verdade, quando terminarem de se arrumar, eles vão parecer mais umas trouxas de roupa velha do que qualquer outra coisa!

— disse consigo mesma, à medida que ajeitava uma almofada em volta do pescoço de Tarará, "para impedir que sua cabeça fosse cortada", como ele disse.

— Sabe — acrescentou ele muito seriamente —, uma das coisas mais graves que pode acontecer com alguém durante uma batalha é ser decapitado.

Alice riu alto, mas conseguiu transformar o riso em tosse, por medo de magoá-lo.

— Eu pareço muito pálido? — perguntou Tarari, indo até Alice para que ela amarrasse o elmo dele. (Ele *chamava* aquilo de elmo, mas certamente se parecia muito mais com uma caçarola.)

— Bem... Sim... *Um pouco* — replicou delicadamente Alice.

— Eu geralmente sou muito corajoso — prosseguiu ele em voz baixa —, mas hoje calhei de ter uma dor de cabeça.

— E *eu estou* com dor de dente! — falou Tarará, que tinha escutado o comentário. — Estou bem pior do que você!

— Então é melhor vocês não lutarem hoje — sugeriu Alice, pensando que aquela era uma boa oportunidade para selar a paz.

— Nós *temos* que lutar um pouquinho, mas não me importo se a luta não demorar muito — falou Tarari. — Que horas são agora?

Tarará olhou para seu relógio e disse:

— Quatro e meia.

— Vamos lutar até as seis e depois nós almoçamos — disse Tarari.

— Muito bem — disse o outro, muito triste —, e *ela* pode ficar assistindo. Só que você não pode se aproximar *muito* — acrescentou. — Geralmente atinjo tudo o que consigo ver quando fico entusiasmado.

— E *eu* atinjo tudo o que está ao meu alcance — disse Tarari —, quer eu possa ver ou não!

Alice riu.

— Vocês devem acertar as árvores com frequência — falou.

Tarari olhou em volta com um sorriso de satisfação.

— Acho que não vai sobrar uma árvore de pé aqui ao redor depois que terminarmos! — disse.

— E tudo por causa de um chocalho! — replicou Alice, ainda na esperança de deixá-los *um tanto* constrangidos por estarem brigando por tamanha bobagem.

— Eu não teria me importado tanto — comentou Tarari —, se não fosse um chocalho novo.

"Eu queria que o corvo monstruoso viesse!" — pensou Alice.

— Só temos uma espada — falou Tarari para seu irmão —, mas você pode ficar com o guarda-chuva... Ele é muito afiado. Está ficando tão escuro quanto é possível.

— Mais escuro ainda — disse Tarará.

Estava escurecendo tão subitamente que Alice pensou que estava vindo uma trovoada.

— Que nuvem negra e espessa! — comentou ela. — E como está vindo rápido! Ora, eu de fato acho que ela tem asas!

— É o corvo! — gritou Tarari de susto, estridentemente. E os dois irmãos saíram correndo e desapareceram em um instante.

Alice correu um pouco para dentro da mata e parou embaixo de uma grande árvore. "Ele nunca vai conseguir me pegar *aqui*" — pensou. "Ele é grande demais para se espremer por entre as árvores. Mas eu queria que ele não batesse as asas assim, pois provoca um furacão na mata... Eis o xale de alguém sendo levado pelo vento!"

# CAPÍTULO 5
# LÃ E ÁGUA

Ela pegou o xale enquanto falava e procurou pelo dono: no instante seguinte, a Rainha Branca veio correndo enlouquecida pela mata, com os dois braços estendidos, como se estivesse voando, e Alice foi encontrá-la com o xale em mãos, muito educadamente.

— Fico contente de por acaso ter estado no caminho dele — falou Alice, à medida que a ajudava a colocar o xale.

A Rainha Branca simplesmente olhou para ela de um modo assustado e desamparado e ficou repetindo para si mesma, aos sussurros, uma coisa que soava como "pão com manteiga, pão com manteiga", e Alice teve a sensação de que, para que as duas conversassem, teria de tomar a iniciativa. Então começou, muito tímida:

— Estou abordando a Rainha Branca?

— Bem, sim, se você chama isso de a-bordar — disse a Rainha. — Não é o que *eu* entendo que essa palavra signifique.

Alice pensou que de nada serviria começar a discutir logo no início da conversa, então sorriu e disse:

— Se Vossa Majestade fizer a gentileza de me informar a maneira correta de começar, vou fazer o melhor que puder.

— Mas eu não quero que isso seja feito de jeito nenhum! – gemeu a pobre Rainha. – Faz duas horas que estou me a-bordando.

Teria sido muito melhor, na opinião de Alice, se a Rainha tivesse arrumado outra pessoa para vesti-la, pois ela estava terrivelmente desarrumada. "Cada peça de roupa está torta" – pensou Alice consigo mesma. "E tudo está preso com alfinetes!"

— Posso deixar seu xale reto? – acrescentou em voz alta.

— Eu não sei qual é o problema dele! – disse a Rainha, com a voz melancólica. – Ele está irritado, eu acho. Eu o prendi aqui, o prendi ali, mas ele não fica satisfeito!

— Ele *não pode* ficar reto se você prendê-lo todo de um lado – falou Alice, à medida que delicadamente ajeitava o xale. – E, minha nossa, seu cabelo está num estado terrível!

— A escova ficou presa nele! – replicou a Rainha com um suspiro. – E eu perdi a escova ontem.

Alice cuidadosamente retirou a escova e fez o melhor que pôde para ajeitar o cabelo da Rainha.

— Pronto, Vossa Majestade está com a aparência bem melhor agora! – comentou Alice, depois de trocar quase todos os alfinetes de lugar. – Mas Vossa Majestade realmente deveria ter uma dama de companhia!

— Decerto que lhe contrato com prazer! – falou a Rainha. – Dois *pence* por semana e geleia em dias alternados.

Alice não conseguiu segurar o riso enquanto dizia:

— Não quero que *me* contrate… E não gosto de geleia.

— É uma geleia muito boa – retrucou a Rainha.

— Bem, de todo modo, eu não quero geleia *hoje*.

— Você não poderia comer nem se *de fato* quisesse – respondeu a Rainha. – A regra é: geleia amanhã e geleia ontem, mas nunca geleia hoje.

— Mas isso em algum momento vai levar à "geleia hoje" – contra--argumentou Alice.

— Não leva — falou a Rainha. — É geleia em dias *alternados*: hoje não é um dia *alternado*.

— Não estou entendendo nada — respondeu Alice. — Isso é confuso demais!

— Esse é o efeito de se viver de trás para frente — disse delicadamente a Rainha. — A princípio, você sempre fica um pouco tonta...

— Viver de trás para frente! — repetiu Alice muito perplexa. — Nunca ouvi falar disso!

— ...mas há uma grande vantagem nisso, que é o fato de a memória da pessoa funcionar nos dois sentidos.

— Estou certa de que a *minha* memória só funciona em um sentido — comentou Alice. — Não consigo me lembrar das coisas antes de elas acontecerem.

— Uma memória que só funciona de trás para frente é uma memória ruim — retrucou a Rainha.

— De que tipo de coisas *Vossa Majestade* se lembra melhor? — Alice se arriscou a perguntar.

— Ah, das coisas que aconteceram daqui a duas semanas — respondeu a Rainha distraidamente. — Agora, por exemplo — prosseguiu ela, passando uma grande tira de gaze pelo dedo enquanto falava — tem o Mensageiro do Rei. Ele está na prisão neste momento, sendo castigado, e o julgamento só começa na próxima quarta-feira. E é claro que o crime vem por último.

— E se ele jamais cometer o crime? — indagou Alice.

— Seria melhor ainda, não é mesmo? — disse a Rainha, enquanto amarrava a gaze que envolvia seu dedo com um pedaço de fita.

Alice sentiu que não havia como negar *aquilo*.

— É claro que seria melhor ainda — retrucou ela —, mas não seria muito melhor para ele estar sendo castigado.

— Aí você está *errada*, de todo modo — disse a Rainha. — *Você* algum dia já foi castigada?

— Só quando eu tive culpa — respondeu Alice.

— E isso foi bem melhor para você, tenho certeza! — falou a Rainha, triunfante.

— Sim, mas eu *tinha* feito coisas para ser castigada — replicou Alice. — Isso faz toda a diferença.

— Mas se você não *tivesse* feito essas coisas — rebateu a Rainha —, ainda assim teria sido melhor; e melhor, e melhor, e melhor! — A voz dela foi ficando mais estridente a cada "melhor", até que por fim virou um gemido.

Alice estava começando a dizer "Tem um erro em algum lugar..." quando a Rainha começou a gritar tão alto que Alice não pôde terminar a frase.

— Oh, oh, oh! — berrou a Rainha, balançando a mão como se quisesse arrancá-la. — Meu dedo está sangrando! Oh, oh, oh, oh!

Os gritos dela eram tão idênticos ao assovio de uma locomotiva a vapor que Alice teve de tapar os dois ouvidos.

— Qual é o problema? — perguntou, assim que teve a chance de ter sua voz ouvida. — Vossa Majestade espetou o dedo?

— *Ainda* não — respondeu a Rainha —, mas vou em breve... Oh, oh, oh!

— Quando acha que isso vai acontecer? — indagou Alice, muito inclinada a dar uma risada.

— Quando eu voltar a prender meu xale — gemeu a pobre Rainha —, o broche vai se abrir na mesma hora. Oh, oh! — Enquanto dizia aquilo, o broche se abriu e a Rainha agarrou-o violentamente e tentou tonar a fechá-lo.

— Tome cuidado! — exclamou Alice. — Vossa Majestade está segurando o broche todo torto! — E ela tentou pegar o broche, mas era tarde demais: ele escorregara e a Rainha espetara o dedo.

— É daí que vem o sangramento, está vendo? — disse, com um sorriso. — Agora você entende como as coisas acontecem por aqui.

— Mas por que Vossa Majestade não grita agora? — indagou Alice, pronta para tapar os ouvidos com as mãos novamente.

— Ora, porque eu já gritei tudo o que tinha para gritar — disse a Rainha. — Qual seria a vantagem em tornar a dar todos aqueles gritos?

Àquela altura, começava a clarear.

— O corvo deve ter voado para fora daqui, eu acho — comentou Alice. — Fico muito feliz que ele tenha ido embora. Pensei que fosse a noite que caía.

— *Eu* queria conseguir ficar contente! — reclamou a Rainha. — Só que eu nunca me lembro da regra. Você deve ser muito feliz vivendo nesta mata e ficando contente sempre que quiser!

— Só que aqui é *muito* solitário! — falou Alice com a voz triste. E, ao pensar em sua solidão, duas lágrimas grandes escorreram por suas bochechas.

— Oh, não faça isso! — exclamou a pobre Rainha, apertando uma mão contra a outra em desespero. — Leve em consideração a grande garota que você é. Leve em consideração o longo caminho que você percorreu hoje. Leve em consideração que horas são. Leve qualquer coisa em consideração, mas não chore!

Alice não conseguiu evitar rir disso, mesmo em meio às lágrimas.

— E *Vossa Majestade* consegue parar de chorar fazendo considerações? — perguntou ela.

— Esse é o modo como se faz isso — disse a Rainha, muito decidida. — Ninguém consegue fazer duas coisas de uma só vez, sabe? Para começar, consideremos a sua idade... Quantos anos você tem?

— Exatamente 7 anos e meio.

— Você não precisa dizer "exatualmente" — comentou a Rainha — Consigo acreditar em você sem essa palavra. Agora eu vou dar a *você* alguma coisa em que acreditar. Eu tenho apenas 101 anos, 5 meses e 1 dia de idade.

— Eu não consigo acreditar *nisso*! — retrucou Alice.

— Não consegue? — falou a Rainha com um tom de voz compadecido. — Tente de novo: respire fundo e feche os olhos.

Alice riu.

— Não adianta tentar — disse. — *Não se pode* acreditar em coisas impossíveis.

— Eu me atrevo a dizer que você não teve muita prática — respondeu a Rainha. — Quando eu tinha sua idade, sempre acreditava em coisas impossíveis meia hora por dia. Ora, houve vezes em que cheguei a acreditar em seis coisas impossíveis antes do café da manhã. Lá se vai meu xale outra vez!

O broche havia aberto enquanto ela falava e uma súbita rajada de vento soprou o xale para o outro lado de um pequeno riacho. A Rainha tornou a estender seus braços e foi voando atrás dele, e dessa vez ela conseguiu pegá-lo sozinha.

— Peguei! — exclamou com um tom de voz triunfante. — Agora você vai me ver prendê-lo de novo, sem a ajuda de ninguém!

— Então presumo que seu dedo esteja melhor agora, não é? — falou Alice muito educadamente, à medida que atravessava o riachinho atrás da Rainha.

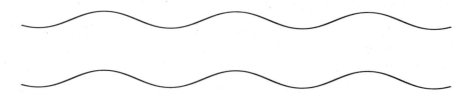

— Oh, muito melhor! — gritou a Rainha, com sua voz se elevando até virar um gemido enquanto prosseguia falando. — Muito me-elhor! Me-elhor! Me-e-elhor! Mé-é-é! — A última palavra terminou em um longo balido, tão parecido com o de uma ovelha que Alice levou um grande susto.

Ela olhou para a Rainha, que parecia subitamente ter se enrolado em lã. Alice esfregou os olhos e tornou a olhar. Ela não conseguia entender de jeito nenhum o que havia acontecido. Estaria por acaso em uma loja? E aquilo de fato era… Aquilo de fato era uma *ovelha* que estava sentada do outro lado do balcão? Por mais que esfregasse os olhos, não conseguia ver outra coisa: ela estava em uma lojinha escura, com os cotovelos apoiados no balcão, e diante dela havia uma velha Ovelha, sentada em uma poltrona, tricotando, e de quando em quando abandonando o tricô para olhar para ela através de um grande par de óculos.

– O que você quer comprar? – disse por fim a Ovelha, tirando por um instante os olhos do tricô.

– Eu ainda não sei *exatamente* – falou Alice muito delicadamente. – Se puder, gostaria primeiro de olhar para tudo à minha volta.

– Você pode olhar para o que está diante de você e para o que há dos dois lados, se quiser – disse a Ovelha –, mas não pode olhar para *tudo* o que há à sua volta... A não ser que tenha olhos atrás da cabeça.

Mas isso, por acaso, Alice *não* tinha. Então ela se contentou em se virar, olhando para as estantes à medida que se deparava com elas.

A loja parecia estar repleta de todo o tipo de coisas curiosas – mas a parte mais estranha daquilo tudo era que, sempre que olhava intensamente para alguma estante, para tentar descobrir exatamente o que havia nela, aquela estante específica estava sempre muito vazia, apesar de as outras estantes em volta estarem completamente abarrotadas.

– Como as coisas fluem aqui! – disse, por fim, com um tom de voz queixoso, depois de ter passado um minuto perseguindo em vão uma coisa grande e brilhante, que às vezes se parecia com uma boneca e, às vezes, com uma caixa de costura, e que estava sempre na estante do lado e acima daquela para a qual ela estava olhando. – Essa é a coisa mais irritante de todas... Mas vou lhe dizer uma coisa... – acrescentou, enquanto subitamente lhe ocorria "Vou segui-la até a estante que fica em cima de todas. Ela vai ficar muito intrigada quando tiver de atravessar o teto, eu espero!"

Mas até mesmo esse plano fracassou: a "coisa" atravessou o teto o mais silenciosamente possível, como se estivesse muito acostumada com isso.

– Você é uma criança ou uma piorra? – perguntou a Ovelha, enquanto pegava outro par de agulhas. – Você em breve vai me deixar tonta, se continuar girando desse jeito. – Ela agora tricotava com 14 pares de agulha de uma só vez, e Alice não conseguiu evitar olhar para ela com muita perplexidade.

"Como ela *consegue* tricotar com tantas agulhas?" – pensou consigo mesma a intrigada criança. "A cada minuto que passa ela se parece mais com um porco-espinho!"

– Você sabe remar? – perguntou a Ovelha, entregando a ela um par de agulhas enquanto falava.

– Sim, um pouco... Mas não em terra... E não com agulhas... – começava a dizer Alice, quando subitamente as agulhas se transformaram em remos nas mãos dela, e ela descobriu que estavam em um barquinho, deslizando por entre as margens. Não havia nada a ser feito além de dar o melhor de si.

– Ida à proa![1] – exclamou a Ovelha, enquanto pegava outro par de agulhas.

Aquele não soou como um comentário que precisava de uma resposta, então Alice não disse nada, mas empunhou os remos. Havia algo de muito estranho com a água, pensou Alice, pois de quando em quando os remos entravam rápido nela e custavam muito a sair.

– Ida à proa! Ida à proa! – tornou a exclamar a Ovelha, pegando mais agulhas. – Logo, logo você vai acabar enforcando[2] o remo.

"Enforcar o remo" – pensou Alice. "Que coisa estranha."

– Você não me ouviu dizer "Ida à proa"? – berrou com raiva a Ovelha, pegando um monte de agulhas.

---

[1] Expressão que, no remo, indica o momento em que as pás devem ficar na horizontal, planas sobre a água, para diminuir a resistência. [N.T.]

[2] Quando o remo fica preso na água no momento da ida à proa e o punho do remo atinge o remador. Muitas vezes provoca a liberação não intencional da pá e a desaceleração da velocidade do barco. [N.T.]

— De fato eu ouvi — replicou Alice. — Você tem dito isso com muita frequência... E muito alto. Por favor, como se *enforca* um remo?

— Com uma corda, é claro! — disse a Ovelha, prendendo algumas agulhas em seu pelo, pois as mãos estavam cheias. — Ida à proa, estou lhe dizendo!

— Por que você diz "Ida à proa" com tanta frequência? — perguntou Alice, finalmente, muito irritada. — Eu não sou proeira!

— É sim — disse a Ovelha —, você é proeira e poeira.

Isso ofendeu um pouco Alice, então não houve mais conversa por um ou dois minutos, enquanto o barco deslizava delicadamente, às vezes por entre trechos cheios de algas (que faziam os remos ficarem ainda mais presos na água, pior do que antes) e às vezes debaixo de árvores, mas sempre com as margens altas se juntando por cima das cabeças delas.

— Oh, por favor! Há alguns juncos perfumados! — exclamou Alice num súbito transe provocado pelo encantamento. — De fato há... E são *muito* bonitos!

— Você não precisa dizer "por favor" para *mim* com relação a eles — falou a Ovelha, sem tirar os olhos de seu tricô. — Não fui eu quem os colocou ali e não sou eu quem vai retirá-los.

— Não, mas eu quis dizer: por favor, podemos esperar e colher alguns? — suplicou Alice. — Se você não se importar em parar o barco por um minuto.

— Como *eu* vou pará-lo? — perguntou a Ovelha. — Se você deixar de remar, ele vai parar por conta própria.

Então o barco foi deixado à deriva descendo o córrego, até que deslizou delicadamente por entre os juncos oscilantes. E depois as manguinhas foram cuidadosamente arregaçadas, e os bracinhos afundaram até o cotovelo para pegar os juncos mais perto de sua base antes de quebrá-los. Por um instante, Alice esqueceu completamente da Ovelha e do tricô, enquanto se debruçava sobre um dos costados do barco, somente com as pontas do cabelo embaraçado tocando a água, enquanto, com olhos ávidos e brilhantes, pegava punhados e punhados dos encantadores juncos perfumados.

– Só espero que o barco não vire! – disse consigo mesma. – Oh, *que* junco lindo! Pena que eu não consegui alcançá-lo. – E *certamente* pareceu um tanto intrigante ("quase como se acontecesse de propósito" – pensou) o fato de que, apesar de ela conseguir pegar muitos juncos lindos à medida que o barco deslizava, sempre havia algum mais bonito que não conseguia alcançar.

– Os mais bonitos são sempre os mais distantes! – disse finalmente, suspirando com a teimosia dos juncos em crescer tão distante, enquanto, com bochechas coradas e cabelo e mãos pingando, ela voltou apressadamente para o seu lugar e começou a fazer um arranjo com seu recém-descoberto tesouro.

O que importava para ela naquele momento que os juncos começaram a murchar e a perder todo seu perfume e sua beleza desde que ela os colhera? Até mesmo juncos de verdade duravam muito pouco tempo – e estes, sendo juncos oníricos, derreteram quase como neve enquanto estavam aos montes ao lado dos pés de Alice –, mas Alice nem reparou nisso, pois havia muitas outras coisas curiosas nas quais pensar.

Elas não haviam navegado muito quando a pá de um dos remos ficou presa na água e *se recusava* a sair (assim explicou Alice depois), e a consequência foi que o cabo do remo ficou preso embaixo do queixo de Alice, e, apesar de uma série de gritinhos de "Oh, oh, oh!" da pobre Alice, o remo a lançou para fora do assento, jogando-a no chão do barco, entre os montes de juncos.

No entanto, ela não se machucou e logo estava de pé outra vez: a Ovelha continuou tricotando esse tempo todo, como se nada tivesse acontecido.

– Essa foi uma bela enforcada no remo! – comentou a Ovelha, à medida que Alice voltava para o lugar, muito aliviada por ainda estar no barco.

– É mesmo? Nem reparei – falou Alice, olhando com cuidado por sobre um dos lados do barco, para a água escura. – Espero que ele não tenha sofrido... Eu não quero enforcar nada! – Mas a Ovelha só riu de escárnio e continuou tricotando.

– Tem muitos remos enforcados por aqui? – indagou Alice.

– Remos enforcados e todo o tipo de coisas – garantiu a Ovelha. – Há muitas opções, você só tem que se decidir. Então, *o que* você quer comprar?

– Comprar!? – repetiu Alice, com um tom de voz meio surpreso e meio assustado, pois os remos, o barco e o rio haviam desaparecido em um instante, e ela estava de volta à lojinha escura.

– Eu gostaria de comprar um ovo, por favor – falou timidamente. – Quanto custa?

– Cinco *pence* e um quarto por um, dois *pence* por dois – respondeu a Ovelha.

– Então comprar dois é mais barato do que comprar um? – perguntou Alice com surpresa na voz, pegando sua bolsa.

– Só que você *tem de* comer ambos, caso compre dois – asseverou a Ovelha.

– Então vou querer *um*, por favor – pediu Alice, enquanto colocava o dinheiro sobre o balcão. Ela pensou consigo mesma: "Talvez eles não sejam nada saborosos".

A Ovelha pegou o dinheiro e guardou-o em uma caixa. Depois disse:

– Eu jamais coloco as coisas nas mãos das pessoas, nunca faria isso. Você mesma tem de pegá-lo. – E, dizendo isso, foi para a outra extremidade da loja e colocou o ovo em pé sobre uma estante.

"Me pergunto *por que* não pode ser assim..." – pensou Alice, enquanto andava tateando por entre mesas e cadeiras, pois a parte dos fundos da loja era muito escura.

"O ovo parece ficar cada vez mais longe à medida que eu avanço em direção a ele. Deixe-me ver, isto aqui é uma cadeira? Ora, ela tem galhos! Que estranho encontrar árvores crescendo aqui! E de fato tem um riachinho aqui! Bem, esta é a loja mais estranha que eu já vi!

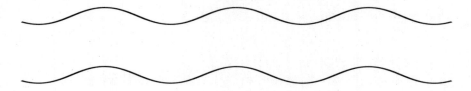

Então Alice continuou andando, ficando mais e mais surpresa a cada passo, à medida que tudo virava uma árvore assim que ela se aproximava, e ela ficou na expectativa de que o ovo faria o mesmo.

## CAPÍTULO 6
# JOÃO-TEIMOSO

No entanto, o ovo só ficou maior e maior e cada vez mais humano: quando ela estava a alguns metros dele, viu que ele tinha olhos, nariz e boca e, quando ela chegou muito perto, viu claramente que era o próprio JOÃO-TEIMOSO.

— Não pode ser outra pessoa! — disse consigo mesma. — Tenho certeza, como se o nome dele estivesse escrito em seu rosto.

O nome poderia ter sido escrito facilmente uma centena de vezes naquele rosto enorme. João-Teimoso estava sentado com as pernas cruzadas, como um turco, no topo de um muro alto, tão estreito que Alice ficou se perguntando como ele conseguia se manter equilibrado. Como os olhos dele estavam fixos na direção oposta à que estava sentado, e como ele sequer reparou nela, Alice pensou que, no fim das contas, deveria ser um boneco.

— E como ele se parece exatamente com um ovo! — disse em voz alta, em pé, com as mãos prontas para agarrá-lo, pois estava esperando que ele caísse a qualquer momento.

— É *muito* irritante — disse João-Teimoso depois de um longo silêncio, sem olhar para Alice enquanto falava — ser chamado de ovo. *Muito!*

– Eu disse que o senhor *se parecia* com um ovo – explicou delicadamente Alice. – E alguns ovos são muito bonitos – acrescentou, na esperança de transformar seu comentário em uma espécie de elogio.

– Tem gente – falou João-Teimoso, sem olhar para Alice, como de costume – que tem menos bom senso que um bebê!

Alice não sabia o que dizer em resposta: aquilo nem sequer se parecia com uma conversa, pensou, pois ele nunca dizia nada para *ela*. Na verdade, o último comentário dele foi evidentemente dirigido a uma árvore... Então ela ficou em pé e suavemente repetiu para si mesma:

João-Teimoso sentou num muro:
João-Teimoso caiu de maduro.
Os cavalos e homens do rei, com penar,
Não conseguiram colocá-lo de volta em seu lugar.

"Este último verso é longo demais para o poema" – acrescentou Alice quase em voz alta, se esquecendo de que João-Teimoso iria ouvi-la.

– Não fique aí murmurando consigo mesma desse jeito – falou João-Teimoso, olhando para ela pela primeira vez –, mas me diga seu nome e o que pretende.

– Meu *nome* é Alice, mas...

– É um nome imbecil o bastante! – interrompeu João-Teimoso, impaciente. – O que ele significa?

– E um nome *tem que* ter significado? – indagou Alice, pouco convencida.

– É claro que sim – respondeu João-Teimoso, com uma risada curta. – O *meu* nome significa o meu formato. E que belo formato, diga-se de passagem. Com um nome como o seu, você pode ter praticamente qualquer forma.

— Por que o senhor fica aqui sentado sozinho? — perguntou Alice, sem querer começar uma discussão.

— Ora, porque não tem mais ninguém comigo! — exclamou João-Teimoso. — Você por acaso achou que eu não saberia a resposta *dessa pergunta*? Faça outra.

— O senhor não acha que estaria mais seguro aqui embaixo? — prosseguiu Alice, sem a menor intenção de propor outra charada, simplesmente movida por sua ansiedade bem-intencionada pela criatura estranha. — Esse muro é *muito* estreito!

— Que charadas extremamente fáceis você faz! — rugiu João-Teimoso. — É claro que eu não acho! Ora, se algum dia eu *de fato* caísse — e não existe a menor possibilidade de que isso aconteça... Mas, *se* eu caísse... — E neste momento ele fechou a cara e pareceu tão solene e imponente que Alice mal conseguiu evitar dar uma risada. — *Se* eu caísse — prosseguiu —, *o Rei me prometeu... Com sua própria boca... Que... Que... Que...*

— Mandaria todos os seus homens e todos os seus cavalos — interrompeu Alice, numa atitude pouco sábia.

— Sinceramente, declaro que isso é péssimo! — exclamou João-Teimoso, subitamente dando um ataque. — Você andou escutando atrás de portas... Atrás de árvores... E em chaminés... Ou não teria como saber isso!

— Não fiz isso, mesmo! — disse muito delicadamente Alice. — Isso está escrito em um livro.

— Ah, bem! Até que podem escrever coisas desse tipo em um *livro* — disse mais calmo João-Teimoso. — É isso que se chama de História da Inglaterra, isso mesmo. Agora olhe bem para mim! Sou alguém que já falou com um Rei, *sou* mesmo. Talvez você jamais veja outro como eu. E, para lhe mostrar que não sou orgulhoso, permito que você me dê um aperto de mão! — E ele escancarou um sorriso quase de orelha a orelha, enquanto se inclinava para frente (e, ao fazer isso, praticamente caiu do muro) e estendia a mão para Alice. Ela o observou com certa ansiedade enquanto pegava a mão dele. "Se ele sorrisse um pouco mais, os cantos da boca iriam se encontrar atrás da cabeça" – pensou. "E então eu não sei o que aconteceria com a cabeça dele! Receio que ela cairia!"

– Sim, todos os cavalos e todos os homens dele – prosseguiu João-Teimoso. – Eles me tirariam do chão em um instante, *tirariam* sim! No entanto, esta conversa está um tanto rápida demais: voltemos ao seu penúltimo comentário.

– Receio que não me lembre dele – respondeu Alice muito educadamente.

– Neste caso, recomecemos – falou João-Teimoso –, e é a minha vez de escolher um assunto.

"Ele fala como se isso fosse um jogo" – pensou Alice.

– Então aqui vai uma pergunta para você. Quantos anos você disse que tinha?

Alice fez um cálculo rápido e disse:

– Sete anos e seis meses.

– Errado! – exclamou João-Teimoso, triunfante. – Você jamais disse algo assim antes!

– Pensei que o senhor queria dizer "Quantos anos você *tem*?" – explicou Alice.

– Se eu quisesse dizer isso, eu teria dito isso – retrucou João-Teimoso.

Alice não queria começar outra discussão, então não disse nada.

– Sete anos e seis meses! – repetiu João-Teimoso, pensativo. – Que idade mais incômoda. Se você tivesse pedido o *meu* conselho, eu teria dito "Pare em 7", mas agora é tarde demais.

– Eu nunca peço conselhos sobre meu crescimento – respondeu Alice, indignada.

– É orgulhosa demais para isso? – indagou o outro.

Alice ficou ainda mais indignada com essa insinuação.

– O que eu quero dizer – falou – é que uma pessoa não pode evitar envelhecer.

– Talvez *uma* não – replicou João-Teimoso –, mas *duas* podem. Com a ajuda adequada, talvez você tivesse parado em 7.

– Que lindo cinto o senhor está usando! – comentou subitamente Alice.

(Eles já tinham falado bastante de idade, pensou Alice; e se eles de fato iriam se revezar na escolha dos assuntos, agora era a vez dela.)

– Pelo menos – ela se corrigiu, depois de pensar melhor – é uma linda couraça, eu deveria ter dito... Não, um cinto, quero dizer... Me perdoe! – acrescentou, consternada, pois João-Teimoso pareceu ter ficado completamente ofendido, e Alice começou a desejar não ter escolhido aquele assunto. "Se pelo menos eu soubesse" – pensou consigo mesma – "o que é o pescoço e o que é a cintura dele!"

Evidentemente, João-Teimoso ficou muito irritado, apesar de não ter dito uma palavra por um ou dois minutos. Quando ele *de fato* tornou a falar, foi com um rugido grave.

– É... *Uma coisa... Muito...* Irritante – disse finalmente – quando uma pessoa não sabe a diferença entre um cinto e uma couraça!

– Eu sei que é muita ignorância da minha parte – afirmou Alice, com um tom de voz tão humilde que João-Teimoso se acalmou.

– É uma couraça, menina, e muito bonita, como você mesma disse. Foi um presente do Rei Branco e da Rainha Branca. Pronto!

– De verdade? – falou Alice, muito satisfeita ao descobrir que ela, no fim das contas, *tinha* escolhido um bom assunto.

– Eles me deram – continuou João-Teimoso, pensativo, enquanto cruzava as pernas colocando um joelho sobre o outro e entrelaçando as mãos em volta deles. – Eles me deram... De presente de desaniversário.

– Perdão? – perguntou Alice, com um ar intrigado.

– Eu não me ofendi – retrucou João-Teimoso.

– O que eu quero dizer é: o que é um presente de desaniversário?

– Um presente que se ganha quando não é seu aniversário, é claro.

Alice pensou um pouco sobre aquilo.

— Prefiro presentes de aniversário — disse, finalmente.

— Você não sabe do que está falando! — exclamou João-Teimoso. — Quantos dias há em um ano?

— Trezentos e sessenta e cinco — respondeu Alice.

— E quantos aniversários você faz?

— Um.

— E subtraindo um de 365, quanto sobra?

— Trezentos e sessenta e quatro, é claro.

João-Teimoso não pareceu convencido.

— Eu gostaria de ver isso escrito em papel — falou ele.

Alice não pôde deixar de sorrir à medida que pegava seu bloco de anotações e escrevia a conta para ele:

$$\begin{array}{r} 365 \\ -1 \\ \hline 364 \end{array}$$

João-Teimoso pegou o bloco e olhou detidamente para ele.

— Isso parece estar correto — começou.

— O senhor está segurando o bloco de cabeça para baixo! — interrompeu Alice.

— Com certeza que sim! — disse alegremente João-Teimoso, enquanto ela virava o bloco para ele. — Bem que eu achei que parecia um pouco estranho. Como eu dizia, isso *parece* estar correto — apesar de eu não ter tido tempo de examinar detidamente —, e isso mostra que há 364 dias no ano para se ganhar presentes de desaniversário.

— Certamente — concordou Alice.

— E só *um* dia para presentes de aniversário. Eis a glória para você!

— Eu não sei o que o senhor quis dizer com "glória" — comentou Alice.

João-Teimoso riu com desdém.

— É claro que não sabe... Vou lhe contar. Eu quis dizer: "Eis um belo e arrasador argumento para você!"

— Mas "glória" não significa "belo e arrasador argumento" — discordou Alice.

— Quando *eu* uso uma palavra — disse João-Teimoso em um tom muito desdenhoso —, ela quer dizer exatamente o que eu quero que ela diga. Nem mais nem menos.

— A questão é — falou Alice — se o senhor é *capaz* de fazer com que as palavras signifiquem tantas coisas diferentes assim.

— A questão é — retrucou João-Teimoso — saber quem é que vai mandar. É só isso.

Alice ficou intrigada demais para dizer qualquer coisa. Então, depois de um minuto, João-Teimoso recomeçou.

— Algumas delas são temperamentais... Especialmente os verbos, eles são os mais orgulhosos... Com os adjetivos dá para fazer o que você quiser, mas não com os verbos. No entanto, *eu* sei lidar com todas elas! Impenetrabilidade! É isso o que *eu* digo!

— O senhor poderia me dizer, por favor, o que isso significa? — pediu Alice.

— Agora você está falando como uma criança sensata — comentou João-Teimoso, parecendo muito satisfeito. — Por "impenetrabilidade" eu quis dizer que já falamos o bastante sobre este assunto e acho que seria melhor você mencionar o que pretende fazer em seguida, pois eu não imagino que você tencione ficar parada aqui pelo resto da vida.

— São muitos significados para uma palavra só — falou Alice com um tom de voz pensativo.

— Quando faço uma palavra trabalhar muito, como essa — replicou João-Teimoso —, eu sempre pago um adicional a ela.

— Oh! — respondeu Alice. Ela estava intrigada demais para fazer outro comentário.

– Ah, você deveria vê-las virem até mim em uma noite de sábado – prosseguiu João-Teimoso, balançando a cabeça com seriedade de um lado para o outro –, para receber os salários.

(Alice não se arriscou a perguntar com o quê ele as pagava; então você pode perceber que eu não sei *lhe* dizer.)

– O senhor parece muito inteligente explicando as palavras – comentou Alice. – O senhor poderia fazer a gentileza de me explicar o significado do poema *Algaravia*?

– Deixe-me ouvi-lo – falou João-Teimoso. – Eu posso explicar todos os poemas que já foram inventados... E muitos dos que ainda não foram inventados também.

Isso deu muitas esperanças a Alice, e então ela repetiu a primeira estrofe:

Cozimbrava e os agilosos telizes
Os muialantes giroscavam e furuncavam;
E as esfregarças, todas fragilizes,
E os suiverdes casus assogritavam.

– Isso basta para começar – interrompeu João-Teimoso. – Tem muitas palavras difíceis nessa estrofe. "Cozimbrava" significa que eram quatro horas da tarde, a hora em que você começa a *cozinhar* as coisas para o jantar.

– Perfeito – falou Alice. – E "agilosos"?

– Bem, "*agilosos*" significa "ágeis e viscosos". "Ágil" é a mesma coisa que "ligeiro". Veja que é uma palavra-valise: há dois significados reunidos em uma só palavra.

– Agora entendo – comentou Alice, pensativa. – E o que são "telizes"?

– Bem, "*telizes*" são algo parecido com texugos... Algo parecido com lagartos... E também algo parecido com saca-rolhas.

– Devem ser criaturas muito curiosas.

— De fato são — disse João-Teimoso — e eles também fazem seus ninhos em relógios de sol... E também vivem em queijos.

— E o que é "*giroscar*" e "*furuncar*"?

— "*Giroscar*" é girar e girar como um giroscópio. E "*furuncar*" é fazer furos, como uma broca.

— E o "*muialante*" é o trecho de grama que fica em volta de um relógio de sol, não é mesmo? — perguntou Alice, surpresa com a própria engenhosidade.

— É claro que sim. Se chama "*muialante*" porque se estende desde muito antes até muito depois do relógio de sol...

— E muito além dele em cada lado — acrescentou Alice.

— Exatamente. Bem, então, "*fragiliz*" é "frágil e infeliz" (e eis outra palavra-valise para você). E uma "*esfregarça*" é um pássaro desalinhado, com penas espetadas para todos os lados. Algo parecido com um esfregão vivo.

— E os "*suiverdes casus*"? — perguntou Alice. — Receio que esteja lhe importunando muito.

— Bem, um "*suiverde*" é um tipo de porco verde; quanto a "*casus*", eu não tenho certeza. Acho que é uma abreviação da expressão "de casa", o que quer dizer que eles haviam perdido o caminho de casa, entende?

— E o que significa "*assogritar*"?

— "*Assogritar*" é algo entre um grito e um assovio, com uma espécie de espirro no meio. No entanto, você talvez escute um assogrito naquele bosque lá longe. E uma vez que você ouvir, vai ficar *muito* contente. Quem anda repetindo essas coisas difíceis para você?

— Eu li isso em um livro — respondeu Alice. — Mas de fato recitaram uma poesia para mim, muito mais fácil do que essa. Acho que quem recitou foi o Tarará.

— Com relação à poesia — comentou João-Teimoso, estendendo uma de suas enormes mãos —, *eu* posso recitar poesia tão bem quanto as outras pessoas, caso seja necessário.

— Oh, não será necessário! — comentou Alice apressadamente, na esperança de impedir que ele começasse.

— O poema que vou recitar — prosseguiu ele, sem reparar no comentário de Alice — foi escrito exclusivamente para seu divertimento.

Alice sentiu que, naquele caso, ela de fato *deveria* ouvir o poema. Então ela se sentou e disse "obrigada" com muita tristeza.

No inverno, quando o campo está branco,
Canto esta canção para seu deleite franco...

— Só que eu não canto — acrescentou, como explicação.

— Estou vendo que o senhor não canta — retrucou Alice.

— Se você consegue *ver* que não estou cantando, você tem uma visão mais aguçada do que a maioria das pessoas — comentou João-Teimoso com severidade. Alice ficou calada.

Na primavera, quando a mata começa a enverdecer,
Vou tentar lhe explicar o que quero dizer.

— Muito obrigada — falou Alice.

No verão, com dias de maior extensão,
Talvez você venha a entender a canção;
No outono, quando secam as folhas,
Anote com lápis ou pena: escolha.

— Vou sim, se eu conseguir me lembrar disso mais tarde — comentou Alice.

— Você não precisa ficar fazendo esses comentários — reclamou João-Teimoso. — Eles não têm cabimento e me distraem.

Para os peixes mandei um recado;
Disse: "Meu desejo foi determinado."

Os peixinhos do mar
Tinham resposta a dar.

Dos peixinhos, a resposta foi:
"Não podemos, senhor, pois..."

– Receio não ter entendido exatamente – falou Alice.
– Vai ficando mais fácil mais adiante – respondeu João-Teimoso.

Outro recado voltei a dizer:
"Vai ser melhor obedecer."

Responderam os peixes com dor:
"Ora, para que tanto mau-humor?"

Disse uma e outra vez tornei a dizer,
Mas nenhum conselho os fazia ceder.

Peguei uma chaleira linda de se ver,
Perfeita para o que eu tinha a fazer.

Meu coração saltou, meu coração não tomba;
Enchi a chaleira na bomba.

E disse alguém até a mim, vindo:
"Os peixinhos estão dormindo."
Eu disse a ele, deixei bem claro:
"Trate de acordá-los, meu caro."

Falei alto o que me deu na telha;
Fui lá e gritei em sua orelha.

João-Teimoso aumentou o tom de voz até quase gritar enquanto recitava essa estrofe, e Alice pensou com um calafrio: "Eu não seria esse mensageiro por *nada* no mundo!"

Mas ele era muito raso e orgulhoso
E disse: "Não grite desse modo espantoso!"

E ele era muito orgulhoso e raso
E disse: "Vou acordá-los, caso..."

Peguei um saca-rolhas na estante
E fui acordá-los naquele instante.

Mas quando vi que a porta estava trancada,
Puxei, e empurrei, e chutei, e dei uma pancada.

E quando vi que a porta estava fechada,
Tentei girar a maçaneta, e nada...

Fez-se uma longa pausa.
– Acabou? – indagou timidamente Alice.
– Sim, acabou – respondeu João-Teimoso. – Adeus.
Aquilo foi muito repentino, pensou Alice: mas, depois de uma insinuação *muito* intensa de que deveria seguir seu caminho, ela sentiu que seria falta de educação ficar ali. Então se levantou e estendeu a mão.
– Adeus, até mais ver! – disse o mais alegremente possível.
– Eu não lhe reconheceria caso *de fato* nos reencontrássemos – replicou João-Teimoso com um tom de voz descontente, estendendo-lhe

um dos dedos para que ela o cumprimentasse. – Você é exatamente igual às outras pessoas.

– Geralmente reconhecemos os outros pelo rosto – comentou Alice, com um tom de voz pensativo.

– É exatamente disso que eu reclamo – falou João-Teimoso. – O seu rosto é igual ao de todo mundo, com os dois olhos tão... (desenhando no ar o lugar dos olhos, com seus polegares) ...O nariz no meio, a boca embaixo. É sempre igual. Agora, se você tivesse os dois olhos do mesmo lado do nariz, por exemplo... Ou a boca na parte de cima do rosto... Isso sim ajudaria *um pouco*.

– Assim meu rosto não teria uma aparência boa – queixou-se Alice. Mas João-Teimoso simplesmente fechou os olhos e disse:

– Espere só até você experimentar.

Alice esperou um minuto para ver se ele tornaria a falar, mas, como ele jamais voltou a abrir os olhos e já não dava atenção a ela, Alice disse "adeus" mais uma vez e, não recebendo resposta, saiu dali em silêncio. Mas, enquanto andava, ela não conseguiu evitar dizer consigo mesma: "De todas as pessoas insatisfatórias..."

Ela repetiu isso em voz alta, pois era muito reconfortante ter uma palavra longa como aquela para dizer:

– De todas as pessoas insatisfatórias que eu *já* conheci... – Ela não terminou a frase, pois, naquele momento, um enorme estrondo sacudiu a floresta de uma ponta à outra.

## CAPÍTULO 7
# O LEÃO E O UNICÓRNIO

No instante seguinte, soldados vieram correndo em meio à mata, primeiro em duplas e trios, depois em grupos de 10 ou 20 e, por fim, em grupos tão grandes que pareciam preencher toda a floresta. Alice foi para trás de uma árvore, por medo de ser pisoteada, e observou-os passar.

Ela pensou que jamais em sua vida tinha visto soldados tão atrapalhados com os pés: eles viviam tropeçando em uma coisa ou outra, e, sempre que um deles caía, vários outros caíam sobre ele, e logo o chão estava coberto de montinhos de homens.

Depois vieram os cavalos. Tendo quatro patas, eles se saíam bem melhor do que os soldados de infantaria. Mas até mesmo *eles* tropeçavam de vez em quando. E parecia ser uma regra geral que, sempre que um cavalo tropeçava, o cavaleiro caía imediatamente. A confusão foi piorando a cada instante, e Alice ficou muito feliz em sair da mata e entrar em uma clareira, onde encontrou o Rei Branco sentado no chão, atarefadamente escrevendo em seu bloco de anotações.

— Já enviei todos! — exclamou o Rei, com um tom de voz de satisfação ao ver Alice. — Minha querida, por acaso você encontrou algum soldado enquanto atravessava a mata?

— Sim, encontrei – respondeu Alice. – Milhares deles, acho.

— Quatro mil duzentos e sete: esse é o número exato – disse o rei, consultando seu bloco. – Eu não poderia enviar todos os cavalos, sabe, porque dois deles são necessários para o jogo. E tampouco enviei os dois Mensageiros. Ambos estão fora do vilarejo. Apenas olhe ao longo da estrada e me diga se você consegue ver algum deles.

— Ninguém à vista na estrada – replicou Alice.

— Eu só queria *ter* olhos como os seus – comentou o Rei, com um tom de voz irritadiço. – Ser capaz de ver Ninguém! E dessa distância, ainda por cima! Ora, com essa luz, o máximo que *eu* consigo fazer é ver pessoas de verdade!

Alice não prestou atenção em nada disso, pois ainda olhava atentamente para a estrada, protegendo, com uma das mãos, os olhos da luz.

— Agora eu vejo alguém – exclamou, finalmente. – Mas ele está vindo muito devagar... E que atitudes estranhas ele tem! (pois o Mensageiro não parava de saltitar e de serpentear feito uma enguia enquanto percorria a estrada, com as mãos enormes esticadas em cada lado, como leques.)

— Elas não têm nada de estranho – disse o Rei. – Ele é um Mensageiro anglo-saxão... E essas são atitudes anglo-saxônicas. Ele só faz isso quando está feliz. O nome dele é Haigha. (Ele pronunciou isso como se fosse "raiga".)

— Eu amo o meu amor com um agá – Alice não conseguiu evitar começar a falar – por que ele é Honrado. Eu o odeio com um agá porque ele é Horrendo. Eu o alimento com... Com... Hambúrguer e Hortaliças. O nome dele é Haigha e ele mora...

— Ele mora num Horto – comentou o Rei de modo simples, sem a menor ideia de que estava entrando na brincadeira, enquanto Alice ainda tentava pensar no nome de algum vilarejo que começasse com agá. – O outro mensageiro se chama Hatta. Tenho que ter *dois*, sabe... Para ir e vir. Um para ir e outro para vir.

— Perdão? – falou Alice.

— Pedir perdão não é algo decente a se fazer — respondeu o Rei.

— Eu só quis dizer que não entendi — retrucou Alice. — Por que um para ir e outro para vir?

— Eu já não lhe disse? — repetiu o Rei, com impaciência. — Tenho que ter *dois*... Para pegar e levar. Um para pegar e outro para levar.

Naquele instante o Mensageiro chegou. Estava muito sem fôlego para dizer alguma coisa e só conseguiu ficar balançando as mãos e fazendo as caras mais amedrontadas possíveis para o Rei.

— Esta jovem dama lhe ama com um H — disse o Rei, apresentando Alice com a esperança de desviar de si a atenção do Mensageiro, mas de nada adiantou: as atitudes anglo-saxônicas só ficaram mais insólitas a cada momento, enquanto os olhos grandes se mexiam violentamente de um lado para o outro.

— Você está me assustando! — falou o Rei. — Sinto uma baixa de pressão... Dê-me um hambúrguer!

Com essa ordem, o Mensageiro, causando grande divertimento a Alice, abriu a bolsa que pendia de seu pescoço e deu um hambúrguer ao Rei, que o devorou avidamente.

— Outro hambúrguer! — disse o Rei.

— Não sobrou nada além de hortaliças agora — disse o Mensageiro, espiando dentro da bolsa.

— Então me dê hortaliças — murmurou o Rei com um leve sussurro.

Alice ficou contente ao ver que as hortaliças haviam feito o Rei melhorar bastante.

— Não há nada como comer hortaliças quando você sente a pressão baixar — comentou enquanto comia.

— Acho que seria melhor jogar água fria em Vossa Majestade — sugeriu Alice —, ou inalantes de amônia.

— Eu não disse que não havia nada *melhor* — respondeu o Rei. — Eu disse que não havia nada *como* hortaliças. — O que Alice não se atreveu a negar.

– Com quem você cruzou na estrada? – prosseguiu o Rei, estendendo a mão para o Mensageiro, pedindo um pouco mais de hortaliças.

– Ninguém – respondeu o Mensageiro.

– É verdade – falou o Rei. – Esta menininha aqui também o viu. Então é óbvio que Ninguém anda mais devagar do que você.

– Faço o melhor que posso – replicou o Mensageiro, com um tom de voz mal-humorado. – Tenho certeza de que Ninguém anda mais rápido do que eu!

– Isso é impossível – falou o Rei. – Caso contrário, ele teria chegado aqui primeiro. No entanto, agora que você recobrou o fôlego, pode nos contar o que aconteceu no vilarejo.

– Vou cochichar – retrucou o Mensageiro, colocando uma das mãos em forma de corneta na frente da boca e se encurvando para se aproximar do ouvido do Rei. Alice lamentou isso, pois ela também queria ouvir a história. No entanto, em vez de cochichar, ele simplesmente gritou o mais alto que pôde:

– Eles estão brigando de novo!

– Você chama *isso* de cochicho? – exclamou o pobre Rei, ficando de pé com um pulo e sacudindo o corpo. – Se você tornar a fazer algo assim, vou mandar que lhe amanteiguem! Esse grito atravessou a minha cabeça de orelha a orelha como um terremoto!

"Teria sido um terremoto muito fraquinho!" – pensou Alice.

– Quem está brigando outra vez? – ela se arriscou a perguntar.

– Ora, o Leão e o Unicórnio, claro – disse o Rei.

– Brigando pela coroa?

– Sim, certamente – respondeu o rei. E o melhor da piada é que eles estão brigando pela *minha* coroa o tempo todo! Vamos correr para vê-los. – E saíram correndo, com Alice repetindo consigo mesma, enquanto corria, a letra da antiga canção:

O Leão e o Unicórnio estavam brigando pela coroa:
Por toda a vila, o Leão no Unicórnio deu uma surra boa.
Alguns lhes deram pão, outros lhes deram broa;
Alguns lhes deram bolo e expulsaram-nos sem loa.

– E... Aquele... Que vencer... Leva a coroa? – indagou Alice, da melhor maneira que pôde, pois a corrida a estava deixando muito sem fôlego.

– Credo, não! – respondeu o Rei. – Que ideia!

– Vocês poderiam... Fazer a gentileza – ofegou Alice, depois de correr um pouco mais – de parar por um instante... Só para que... Recobremos o fôlego?

– Eu estou *bem* o bastante – afirmou o Rei –, só que não sou forte o bastante. Sabe, um minuto passa terrivelmente rápido. Seria mais fácil tentar parar um Tipegam!

Alice já não tinha mais fôlego para falar, então eles continuaram a correr em silêncio, até que avistaram uma multidão, no meio da qual estavam brigando o Leão e o Unicórnio. Eles estavam em meio a tamanha nuvem de poeira que, a princípio, Alice não conseguia distinguir um do outro. Mas ela logo conseguiu identificar o Unicórnio por conta de seu chifre.

Eles ficaram perto de onde Hatta, o outro mensageiro, estava de pé vendo a briga, com uma xícara de chá em uma das mãos e um pedaço de pão com manteiga na outra.

– Ele acabou de sair da prisão e, quando foi mandado para lá, ainda não tinha terminado de tomar seu chá – sussurrou Haigha para Alice. – E na prisão só deram a ele conchas de ostras para comer. Então você pode perceber que ele está com muita fome e sede. Como você está, meu garoto? – prosseguiu, carinhosamente passando um dos braços em volta do pescoço de Hatta.

Hatta olhou para o lado, balançou a cabeça e continuou comendo seu pão com manteiga.

– Você foi feliz na prisão, meu garoto? – perguntou Haigha.

Hatta tornou a olhar para o lado e, dessa vez, uma ou duas lágrimas escorreram por sua bochecha: mas ele não disse uma palavra.

– Fale, por acaso você não consegue? – exclamou Haigha com impaciência. Mas Hatta simplesmente continuou comendo e bebeu um pouco mais de chá.

– Fale, ande logo! – exclamou o Rei. – Como eles estão se saindo nessa briga?

Hatta fez um esforço desesperado e engoliu um pedaço enorme de pão com manteiga.

– Eles estão indo muito bem – respondeu, engasgando. – Cada um deles já foi derrubado cerca de 87 vezes.

– Então presumo que em breve vão trazer o pão e a broa, não é? – Alice se arriscou a comentar.

– O pão e a broa já estão lá, à espera deles – disse Hatta. – Isto que estou comendo é um pedacinho do pão.

Naquele momento, fez-se uma pausa na briga e o Unicórnio e o Leão se sentaram, arquejando, enquanto o Rei gritava:

– Permissão de dez minutos para tomar um refresco!

Haigha e Hatta foram imediatamente ao trabalho, carregando bandejas toscas com pão e broa. Alice pegou um pedaço para provar, mas o pão estava *muito* seco.

– Eu não acho que eles vão continuar a brigar hoje – disse o Rei para Hatta. – Vá e mande que comecem as loas. – E Hatta saiu dali saltando como um gafanhoto.

Por um ou dois minutos Alice ficou em pé calada, observando-o. De repente, ela ficou radiante.

– Olhem! Olhem! – exclamou, apontando avidamente. – Lá se vai a Rainha Branca correndo pelos campos! Ela veio voando daquela mata lá longe. E como essas Rainhas *conseguem* correr rápido!

– Tem algum inimigo atrás dela, sem dúvida – falou o Rei, sem nem virar o rosto. – Aquela mata está cheia deles.

— E Vossa Majestade não vai correr para ajudá-la? – indagou Alice, muito surpresa com o fato de o Rei nem ter se alterado.

— Não adianta, não adianta! – retrucou o Rei. – Ela corre tão terrivelmente rápido que seria mais fácil tentar pegar um Tipegam! Mas vou fazer um memorando sobre ela, se você quiser. Ela é uma criatura querida e boa – repetiu consigo mesmo, à medida que abria seu bloco de anotações. – "Criatura" se escreve com dois tês?

Naquele instante, o Unicórnio caminhava tranquilo perto deles, com as mãos nos bolsos.

— Eu levei a melhor dessa vez? – perguntou ao Rei, olhando para ele de soslaio enquanto passava.

— Um pouco... Um pouco – replicou o Rei, muito nervoso. – Mas você não deveria tê-lo espetado com seu chifre.

— Meu chifre não o machucou – disse o Unicórnio distraidamente, e continuou andando até que seus olhos por acaso se dirigiram para Alice. Ele se virou imediatamente e ficou de pé por algum tempo olhando para ela com o mais profundo asco.

— O que... É... Isso? – disse, finalmente.

— Isto é uma criança! – replicou Haigha com entusiasmo, ficando na frente de Alice para apresentá-la e estendendo as mãos na direção dela, em uma atitude anglo-saxônica. – Nós somente a encontramos hoje, em carne e osso e duas vezes mais natural!

— Sempre pensei que elas fossem monstros fabulosos! – disse o Unicórnio. – Ela está viva?

— Ela sabe falar – disse Haigha, solenemente.

O Unicórnio dirigiu um olhar lânguido para Alice e falou:

— Fale, criança.

Alice não pôde evitar que seus lábios estampassem um sorriso quando começou a falar:

— Sabe, eu também sempre achei que Unicórnios fossem monstros fabulosos! Nunca tinha visto um Unicórnio vivo antes!

— Bem, agora que *já* vimos um ao outro — disse o Unicórnio —, se você acreditar em mim, eu acredito em você. Estamos combinados?

— Sim, se você quiser — respondeu Alice.

—Vá buscar o bolo, seu velho! — prosseguiu o Unicórnio, se virando para o Rei. — Não quero nem um pedaço da sua broa!

— Claro... Claro! — murmurou o Rei, e fez um gesto, chamando Haigha. — Abra a bolsa! — sussurrou. — Rápido! Essa não... Essa está cheia de hortaliças!

Haigha tirou um bolo enorme da bolsa e deu para que Alice o segurasse, enquanto ele pegava uma bandeja e uma faca de bolo. Alice não conseguiu imaginar como tudo aquilo saiu da bolsa. Era um tipo de mágica, pensou.

Enquanto isso ocorria, o Leão se juntara a eles. Parecia muito cansado e sonolento e tinha os olhos semicerrados.

— O que é isso? — perguntou, piscando de modo preguiçoso na direção de Alice e falando com uma voz grave e surda, que parecia o repique de um enorme sino.

— Ah, o que é isso, hein? — o Unicórnio com entusiasmo — Você nunca vai adivinhar! *Eu* não consegui.

O Leão olhou com cansaço para Alice.

—Você é animal... Vegetal... Ou mineral? — perguntou, bocejando ao final de cada par de palavras.

— É um monstro fabuloso! — berrou o Unicórnio antes que Alice tivesse a oportunidade de responder.

— Então passe o bolo, Monstro — falou o Leão, se deitando e apoiando o queixo em suas patas. — E sentem-se, vocês dois (para o Rei e o Unicórnio). Jogo limpo com o bolo, veja bem!

O Rei estava evidentemente muito incomodado de ter de sentar entre as duas grandes criaturas, mas não havia outro lugar para ele.

— *Agora sim* poderíamos ter uma bela briga pela coroa! — afirmou o Unicórnio, furtivamente olhando para a coroa, que quase foi chacoalhada para fora da cabeça do Rei, que tremia demais.

— Eu ganharia fácil — declarou o Leão.

— Eu não tenho tanta certeza assim — replicou o Unicórnio.

— Ora, mas eu lhe dei uma boa surra por toda a vila, seu covarde! — retrucou o Leão com raiva, quase se levantando ao falar.

Naquele momento, o Rei os interrompeu para impedir que a discussão prosseguisse. Ele estava muito nervoso, e sua voz estava muito trêmula.

— Por toda a vila? — perguntou. — Mas isso é um percurso e tanto. Vocês passaram pela ponte velha ou pelo mercado? A melhor vista da vila é a da ponte velha.

— Estou certo de que não sei — rugiu o Leão enquanto voltava a se deitar. — Havia poeira demais para ver qualquer coisa. Como demora o Monstro para cortar esse bolo!

Alice havia se sentado à beira de um riachinho, com a enorme bandeja nos joelhos, cortando diligentemente o bolo com a faca.

— É muito irritante! — disse ela, em resposta ao Leão (ela já estava se acostumando a ser chamada de "o Monstro"). — Já cortei vários pedaços, mas eles voltam a se juntar!

—Você não sabe manusear bolos do espelho — comentou o Unicórnio. — Sirva o bolo para todos primeiro e corte-o depois.

Aquilo pareceu absurdo, mas, muito obediente, Alice se levantou e passou por todos com a bandeja. Enquanto ela fazia isso, o bolo se dividiu em três pedaços.

— *Agora*, corte-o — falou o Leão, enquanto Alice voltava para seu lugar com a bandeja vazia.

— Isso não é justo! — exclamou o Unicórnio, enquanto Alice se sentava com a faca na mão, muito intrigada com relação a como começar. — O Monstro deu ao Leão o dobro do que me deu!

— De todo modo, ela não ficou com nenhum pedaço para ela — disse o Leão. —Você gosta de bolo, Monstro?

Mas, antes que Alice pudesse responder, começaram as loas.

Alice não conseguia descobrir de onde vinha o barulho: o ar parecia cheio dele e o som zumbiu pela cabeça dela até que se sentiu ensurdecida. Com um sobressalto, Alice ficou de pé e atravessou correndo o riachinho, aterrorizada.

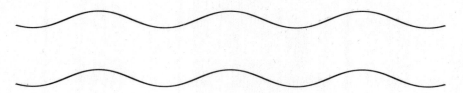

Teve tempo apenas de ver o Leão e o Unicórnio se levantarem, com olhares furiosos porque haviam interrompido o banquete deles, antes de cair de joelhos e tapar os ouvidos com as mãos, em vão, tentando bloquear o terrível alarido.

"Se *isso* não expulsá-los da vila" – pensou consigo mesma –, "nada jamais expulsará!"

## CAPÍTULO 8
# "É UMA INVENÇÃO MINHA!"

Depois de um tempo o barulho pareceu se dissipar gradualmente, até que se fez um silêncio sepulcral, e Alice levantou a cabeça um tanto alarmada. Não havia ninguém à vista, e o primeiro pensamento dela foi o de que devia ter sonhado com o Leão, o Unicórnio e aqueles estranhos Mensageiros anglo-saxões. No entanto, a grande bandeja na qual ela tentara cortar o bolo ainda estava aos seus pés.

— Então, no fim das contas, eu não estava sonhando — disse consigo mesma. — A não ser que... A não ser que todos façamos parte do mesmo sonho. Mas eu só espero que seja um sonho *meu*, e não do Rei Vermelho! Eu não gosto de fazer parte do sonho de outra pessoa. — Ela prosseguiu, com um tom de voz muito queixoso: — Estou com muita vontade de acordá-lo para ver o que vai acontecer!

Naquele instante, os pensamentos de Alice foram interrompidos por gritos de "Oi! Oi! Xeque!" e por um Cavaleiro vestindo uma armadura vermelha que veio galopando na direção dela, brandindo uma enorme clava. Assim que ele a alcançou, o cavalo parou subitamente.

— Você é minha prisioneira! — exclamou o Cavaleiro enquanto caía do cavalo.

Sobressaltada, naquele momento Alice teve mais medo por ele do que por si mesma e olhou para ele com certa ansiedade enquanto ele voltava a montar. Assim que se acomodou na sela, recomeçou:

– Você é minha...

Mas, naquele momento, outra voz disse:

– Oi! Oi! Xeque! – e Alice olhou um tanto surpresa à sua volta, procurando o novo inimigo.

Dessa vez era um Cavaleiro Branco. Ele parou ao lado de Alice e caiu do cavalo assim como tinha feito o Cavaleiro Vermelho: depois, tornou a montar, e os dois Cavaleiros ficaram sentados se entreolhando por algum tempo, sem dizer uma palavra. Alice olhou de um Cavaleiro para o outro, com certa perplexidade.

– Ela é *minha* prisioneira, você sabe disso! – disse, por fim, o Cavaleiro Vermelho.

– Sim, mas aí *eu* vim resgatá-la! – retrucou o Cavaleiro Branco.

– Bem, então temos de lutar por ela – falou o Cavaleiro Vermelho, enquanto pegava seu elmo (que pendia da sela e meio que tinha a forma da cabeça de um cavalo) e o colocava.

– Você vai seguir as Regras de Combate, não é mesmo? – comentou o Cavaleiro Branco, também colocando seu elmo.

– Eu sempre sigo – replicou o Cavaleiro Vermelho, e eles começaram a se digladiar com tanta fúria que Alice foi para trás de uma árvore para fugir dos golpes.

– Agora eu me pergunto quais são as Regras de Combate – disse consigo mesma, enquanto os observava lutar, timidamente espiando de seu esconderijo. – Uma regra parece ser a de que, se um Cavaleiro atinge o outro, ele o faz cair do cavalo e, se ele errar o alvo, quem cai do cavalo é ele mesmo. Outra regra parece ser a de que eles têm de segurar suas clavas com os dois braços ao mesmo tempo, como se fosse uma briga de marionetes... E quanto barulho eles fazem quando caem! É como se vários atiçadores caíssem sobre o guarda-fogo! E como são tranquilos os cavalos! Deixam os cavaleiros montarem e apearem como se fossem mesas!

Outra Regra de Combate que Alice não havia reparado parecia ser a de que eles sempre caíam de cabeça, e o combate terminava com os dois caindo desse jeito, um ao lado do outro. Quando eles tornaram a se levantar, deram um aperto de mãos, o Cavaleiro Vermelho montou e saiu a galope em seu cavalo.

— Foi uma vitória gloriosa, não é mesmo? — disse o Cavaleiro Branco, enquanto se levantava ofegante.

— Eu não sei — falou Alice, com pouca convicção. — Não quero me tornar prisioneira de ninguém. Quero ser uma Rainha.

— E você será, depois que atravessar o próximo riacho — garantiu o Cavaleiro Branco. — Vou levar você em segurança para fora desta mata... E depois tenho de voltar. Esse é o fim da minha jogada.

— Muito obrigada — respondeu Alice. — Posso lhe ajudar a tirar o elmo? — Aquela definitivamente era uma tarefa que ele não conseguiria fazer sozinho. No entanto, por fim, Alice conseguiu tirar o elmo ao sacudir o Cavaleiro.

— Agora consigo respirar com mais facilidade — comentou o Cavaleiro, colocando para trás o cabelo despenteado, com ambas as mãos, e virando o rosto gentil e os olhos grandes e tranquilos na direção de Alice. Ela pensou que jamais na vida tinha visto um soldado de aparência tão estranha quanto aquele.

Ele vestia uma armadura de estanho, que parecia não lhe servir muito bem, e tinha uma caixinha de pinho de forma estranha amarrada no ombro, de cabeça para baixo e com a tampa aberta. Alice olhou para ela com muita curiosidade.

— Vejo que você está admirando minha caixinha — disse o Cavaleiro em tom amigável. — É uma invenção minha... Para guardar roupas e sanduíches. Como você pode ver, carrego-a de cabeça para baixo para que a chuva não possa entrar.

– Mas assim as coisas podem *cair* – comentou delicadamente Alice. – Você sabia que a tampa está aberta?

– Não sabia – respondeu o Cavaleiro, com um ar de irritação se estampando em seu rosto. – Então todas as coisas devem ter caído! E a caixa não tem a menor utilidade sem elas. – Ele a desamarrou enquanto falava e estava prestes a jogar a caixa em meio aos arbustos quando um pensamento súbito pareceu ocorrer-lhe, e ele pendurou a caixa com cuidado em uma árvore. – Consegue adivinhar por que eu fiz isso? – perguntou para Alice.

Alice balançou a cabeça em negativa.

– Na esperança de que venham abelhas e façam uma colmeia aqui. Assim consigo um pouco de mel.

– Mas você já tem uma colmeia – ou algo do gênero – presa à sua sela – falou Alice.

– Sim, e é uma colmeia muito boa – disse descontente o Cavaleiro. – Uma das melhores do tipo. Mas nem uma abelha sequer se aproximou dela. E a outra coisa é uma ratoeira. Presumo que os ratos mantenham as abelhas afastadas... Ou que as abelhas mantenham os ratos afastados, não sei ao certo.

– Eu estava me perguntando para que serviria a ratoeira – comentou Alice. – Não é muito provável que se encontre algum rato estando montado em um cavalo.

– Talvez não seja muito provável – retrucou o Cavaleiro –, mas, caso eles *de fato* apareçam, não quero vê-los correndo por aí.

Sabe – prosseguiu, depois de uma pausa –, é melhor estar preparado para *tudo*. É por isso que o cavalo tem todos esses grilhões em volta das patas.

– Mas para que eles servem? – indagou Alice, com um tom de muita curiosidade.

– Para proteger contra as mordidas de tubarões – replicou o Cavaleiro. – É uma invenção minha. Agora me ajude a montar. Vou levá-la até o final da mata... Para que serve essa bandeja?

— Era para um bolo — replicou Alice.

— É melhor que a levemos conosco — disse o Cavaleiro. — Ela vai ser bem útil caso encontremos um bolo. Me ajude a guardá-la nesta bolsa.

Isso demorou muito tempo para ser feito, apesar de Alice ter segurado a bolsa aberta com muito cuidado, porque o cavaleiro era *muito* desengonçado tentando colocar a travessa dentro da bolsa. Nas duas ou três primeiras tentativas, ele mesmo acabou caindo dentro dela.

— É melhor não deixar a bolsa muito aberta — disse ele, à medida que finalmente conseguiam colocar o prato ali dentro. — Tem velas demais na bolsa. — E ele pendurou a bolsa na sela, que já estava carregada de molhos de cenoura, atiçadores e muitas outras coisas.

— Espero que você esteja com o cabelo bem preso — prosseguiu, enquanto saíam dali.

— Está preso do mesmo modo como sempre o prendo — respondeu Alice, sorrindo.

— Isso não basta — falou ele, ansiosamente. — Dá para perceber que o vento é *muito* forte aqui. É forte feito sopa.

— Você inventou um plano para impedir que o cabelo não seja soprado? — indagou Alice.

— Ainda não — retrucou o Cavaleiro. — Mas tenho um plano para que o cabelo não *caia*.

— Eu gostaria muito de ouvi-lo.

— Primeiro você pega um graveto e o mantém na vertical — disse o Cavaleiro. — Depois faz com que seu cabelo se enrosque nele, como uma árvore frutífera. O motivo pelo qual os cabelos caem é porque eles pendem da cabeça — e as coisas jamais caem *para cima*. Esse plano é uma invenção minha. Você pode testar, se quiser.

"Aquele não parecia um plano muito cômodo" — pensou Alice, e por alguns minutos ela caminhou em silêncio, intrigada com aquela ideia, e de quando em quando parando para ajudar o pobre Cavaleiro, que de fato *não* cavalgava nada bem.

Sempre que o cavalo empacava (o que acontecia com frequência), o Cavaleiro caía para a frente; e, sempre que o cavalo recomeçava a andar (o que em geral acontecia muito subitamente), ele caía para trás. No mais, ele se mantinha estável no cavalo, exceto pelo fato de que tinha o hábito de às vezes cair para o lado; e, como ele geralmente fazia isso para o lado no qual Alice estava andando, ela logo descobriu que o melhor plano era não andar *muito* perto do cavalo.

— Receio que você não tenha tido muita prática em equitação — ela se arriscou a dizer, enquanto o ajudava após a quinta queda.

O Cavaleiro pareceu muito surpreso e um tanto ofendido com o comentário.

— O que lhe faz dizer isso? — indagou, enquanto voltava apressadamente para a sela, segurando os cabelos de Alice com uma das mãos, para que ele não caísse do outro lado.

— Porque as pessoas não costumam cair tanto depois que já têm muita prática.

— Eu tive prática o bastante — replicou muito seriamente o Cavaleiro. — Prática o bastante!

Alice não conseguiu pensar em nada a dizer além de "é mesmo?", mas ela disse isso do modo mais cordial que pôde. Depois disso eles seguiram caminho em silêncio por um tempo, com o Cavaleiro de olhos fechados e murmurando consigo mesmo e Alice ansiosamente atenta à próxima queda.

— A grande arte da equitação — disse subitamente alto o Cavaleiro, balançando a mão direita enquanto falava — envolve manter... — Aqui a frase terminou tão bruscamente quanto havia começado, pois o Cavaleiro caiu pesadamente de cabeça bem na trilha em que Alice caminhava. Dessa vez ela ficou muito assustada e disse com um tom de voz ansioso, enquanto o tirava do chão:

— Espero que você não tenha quebrado nenhum osso.

— Não que eu saiba — respondeu o Cavaleiro, como se não se importasse de quebrar dois ou três ossos. — A grande arte da equitação, como eu dizia, envolve… Manter o equilíbrio de forma adequada. Assim, sabe…

Ele soltou as rédeas e esticou os dois braços para mostrar a Alice o que ele queria dizer, e dessa vez ele caiu de costas, bem embaixo das patas do cavalo.

— Prática o bastante! — ele continuou a repetir durante todo o tempo em que Alice mais uma vez o ajudava a se levantar. — Prática o bastante!

— Isso é ridículo demais! — exclamou Alice, dessa vez perdendo toda a paciência. — Você devia ter um cavalo de pau com rodinhas, isso sim!

— E esse tipo tem a cavalgadura suave? — perguntou o Cavaleiro com muito interesse, passando os braços em volta do pescoço do cavalo enquanto falava, bem a tempo de impedir outra queda.

— Muito mais suave do que a de um cavalo vivo — falou Alice, rindo com um gritinho, apesar de todo o esforço para se conter.

— Vou arranjar um — disse consigo mesmo o Cavaleiro, pensativo. — Um ou dois… Vários.

Fez-se um breve silêncio depois disso e, então, o Cavaleiro tornou a falar.

— Tenho uma mão boa para inventar coisas. Eu me atrevo a dizer que você reparou, da última vez que me tirou do chão, que eu estava muito pensativo, não é?

— Você *estava* um tanto sério — respondeu Alice.

— Bem, naquele momento, eu estava inventando um novo jeito de passar por cima de um portão. Gostaria de ouvir como?

— Muito, com certeza — disse educadamente Alice.

— Vou lhe contar como isso me ocorreu — falou o Cavaleiro. — Sabe, eu disse a mim mesmo: "A única dificuldade são os pés, pois a *cabeça* já é alta o bastante". Então, primeiro eu tenho de colocar a cabeça no topo do portão… E depois ficar de pé com a minha cabeça... E aí os pés estarão altos o bastante... Aí eu passo por cima do portão, está vendo?

— Sim, presumo que você estaria do outro lado do portão quando isso terminasse — falou Alice, pensativa. — Mas você não acha que seria muito difícil?

— Eu ainda não tentei — disse seriamente o Cavaleiro. — Portanto, não posso afirmar com certeza. Mas receio que *seria* um pouco difícil.

Ele pareceu tão perturbado com aquela ideia que Alice apressadamente mudou de assunto.

— Que elmo curioso você tem! — disse, alegremente. — Também é invenção sua?

O Cavaleiro olhou com orgulho para o elmo, que pendia da sela.

— Sim — respondeu —, mas eu inventei um melhor do que esse... E que parece um pão de açúcar. Quando eu o usava, se eu caísse do cavalo, esse elmo imediatamente tocava o chão. Então eu tinha *muito pouco* espaço para cair, sabe? Mas *havia* o perigo de cair *dentro* dele, com certeza. Isso me aconteceu uma vez. E o pior de tudo foi que, antes de eu conseguir sair de dentro do elmo, o outro Cavaleiro Branco apareceu e o vestiu. Ele pensou que era o elmo dele.

O Cavaleiro pareceu tão solene enquanto dizia isso que Alice não se atreveu a rir.

— Receio que você o tenha machucado — disse ela, com a voz trêmula —, estando no topo da cabeça dele.

— Eu tive de dar uns chutes nele, é claro — disse o Cavaleiro muito seriamente. — E, depois, ele tornou a tirar o elmo, mas levou horas e horas para eu conseguir sair dali. Eu estava tão entalado quanto... Quanto uma perna engessada.

— Mas foi um tipo diferente de entalação — discordou Alice.

O Cavaleiro balançou a cabeça.

— Aconteceram todos os tipos de entalação comigo, posso lhe garantir! — falou. Ele ergueu as mãos com certo entusiasmo ao dizer isso e imediatamente rolou para fora da sela e caiu em uma vala funda.

Alice correu para a beira da vala para procurar por ele. Ela ficara muito sobressaltada com a queda, pois durante algum tempo ele se mantivera equilibrado e ela receava que daquela vez ele *de fato* tivesse se machucado. No entanto, apesar de não conseguir ver nada além das solas dos pés dele, ficou muito aliviada ao ouvir que ele falava em seu tom costumeiro.

— Todo tipo de entalação — repetiu. — Mas foi descuido dele vestir o elmo de outro homem... Principalmente com esse homem dentro do elmo.

— Como você consegue falar tão tranquilamente assim estando de cabeça para baixo? — indagou Alice, enquanto o arrastava para fora dali pelos pés e o deixava deitado em um montículo à beira da vala.

O Cavaleiro pareceu surpreso com a pergunta.

— De que importa a posição em que meu corpo possa estar? — indagou. — Minha mente continua a funcionar do mesmo jeito. Na verdade, quanto mais de cabeça para baixo eu estiver, mais coisas novas eu consigo inventar.

— Agora, a coisa mais inteligente desse tipo que eu já fiz — prosseguiu, depois de uma pausa — foi inventar uma sobremesa nova enquanto o prato de carne era servido.

— A tempo de que ela ficasse pronta para ser o prato seguinte à refeição? — perguntou Alice.

— Bem, não o prato *seguinte* — disse o Cavaleiro com um tom de voz lento e pensativo. — Não, certamente não o *prato* seguinte.

— Então teve de ser no dia seguinte. Mas você não comeria duas sobremesas em uma refeição, não é mesmo?

— Bem, não no dia *seguinte* — repetiu o Cavaleiro da mesma forma que antes. — Não no *dia* seguinte. Na verdade — prosseguiu, mantendo a cabeça baixa e com a voz ficando cada vez mais tênue —, eu acho que aquela sobremesa jamais *foi* feita! Na verdade, eu acho que aquela sobremesa jamais *será* feita! Ainda assim foi muito inteligente da minha parte inventar essa sobremesa.

— E com que ingredientes você queria prepará-la? — indagou Alice, na esperança de animá-lo, pois o pobre Cavaleiro parecia muito desanimado em relação àquilo.

— Começava com papel mata-borrão — respondeu o Cavaleiro com um gemido.

— Receio que isso não seria muito gostoso...

— Não seria muito gostoso se fosse o mata-borrão *apenas* — interrompeu ele, muito entusiasmado —, mas você não faz ideia da diferença que ele faz quando é misturado com outras coisas, como pólvora e cera para lacres. E aqui eu devo me separar de você. — Eles haviam acabado de chegar ao fim da mata.

Alice só podia fazer uma cara intrigada: ela estava pensando na sobremesa.

— Você está triste — falou o Cavaleiro, com um tom de voz ansioso. — Deixe-me cantar uma canção para reconfortá-la.

— Ela é muito longa? — perguntou Alice, pois ela já havia escutado uma boa dose de poesia naquele dia.

— É longa — confessou o Cavaleiro —, mas é muito, *muito* bonita. Todos os que me escutam cantando... Ou ficam com os olhos rasos d'água ou...

— Ou o quê? — indagou Alice, pois o Cavaleiro fizera uma pausa súbita.

— Ou não ficam. O nome da canção é chamado "Olhos de hadoque".

— Oh, é esse o nome da canção? — falou Alice, tentando ficar interessada.

— Não, você não está entendendo — disse o Cavaleiro, parecendo um tanto irritado. — É assim que se *chama* o nome dela. O nome dela de verdade é "O velho homem velho".

— Então eu deveria ter dito "É assim que a *canção* se chama"? — Alice se corrigiu.

— Não, não deveria; isso é uma coisa totalmente diferente! A *canção* se chama "Modos e meios": mas isso é somente como ela se *chama*!

— Então, qual é a canção? – falou Alice, que àquela altura estava totalmente desorientada.

— Eu estava chegando lá – disse o Cavaleiro. O nome da canção de fato é "Sentado em um portão", e a melodia é invenção minha.

Dizendo isso, ele parou o cavalo e deixou as rédeas caírem no pescoço dele; depois, marcando o compasso lentamente com uma das mãos, e com um sorriso tênue iluminando seu rosto de aparência gentil e tola, como se desfrutasse da melodia de sua canção, começou.

De todas as coisas estranhas que Alice tinha visto em sua aventura através do espelho, aquela era uma das que ela se lembrava mais claramente. Anos mais tarde, ela seria capaz de relembrar toda a cena, como se tivesse acontecido ontem: os suaves olhos azuis e o sorriso gentil do Cavaleiro; a luz do sol poente e cintilante nos cabelos dele, brilhando em sua armadura com uma intensidade que a deixou muito deslumbrada; o cavalo andando por ali tranquilamente, com as rédeas soltas em volta do pescoço, pastando a grama aos pés de Alice; e as sombras negras da floresta ao fundo. Ela absorveu tudo como se fosse uma pintura, à medida que, com uma das mãos protegendo os olhos, se encostava contra uma árvore, observando o estranho par e ouvindo, meio que sonhando, a melancólica melodia da canção.

"Mas a melodia *não é* invenção dele" – falou Alice consigo mesma. – É a melodia de "Eu lhe dou tudo; mais não posso dar".[1] Ela ficou em pé e ouviu com muita atenção, mas não ficou com os olhos rasos d'água.

Lhe direi tudo o que puder,
Mas é curta esta versão:
Um velho homem velho fui ver
Sentado sobre um portão.

---

[1] No original em inglês, "I give thee all, I can no more", canção do compositor escocês Robert Burns (1759-1796) que se popularizou com esse título, mas que na verdade se chama "My heart and my lute ("Meu coração e meu alaúde").

"Quem é você, homem velho?", disse eu,
"E qual é sua carreira?"
E a resposta por minha mente escorreu
Feito água por uma peneira.

"Procuro borboletas", ele disse,
"Que durmam no trigal;
Com elas faço gulodices
Que vendo no arraial.
As vendo a homens", ele disse,
"Que navegam por mares turbulentos;
Você pode achar uma tolice,
Mas assim ganho o meu sustento.

Mas andei bolando um plano
De pintar de verde as costeletas
E usar um grande leque de pano
Para não despertar vendetas.
Então, sem nada a responder."
Ao que o homem velho disse,
Gritei: "De que vive, não vai dizer?"
E lhe bati por traquinice.

Com voz suave, retomou o seu relato:
Ele disse: "Sigo caminhando
E, quando me deparo com um regato,
Logo fogo vou botando;
E é desse jeito que se faz
O que chamam óleo de Macassar.
Mas é uma ninharia, meu rapaz,
O que por isso podem me pagar.

Mas eu andei bolando um modo
De comer apenas massa
E passar o ano todo
Engordando esta carcaça."
Sacudi-o para um e outro lado
Até sua cara ficar doída.
E gritei: "Vamos, desgraçado,
Diga como ganha sua vida!"

Disse ele: "Olhos de hadoque caço
Entre as urzes mais brilhantes,
E com eles botões de coletes faço
Em meio à noite, num instante.
Estes por ouro não vendo,
Nem por moedas prateadas,
Mas o cobre anda rendendo
Nove só de uma tacada.

Procuro às vezes pão amanteigado
Ou varas de pescar com galhos faço;
Procuro às vezes num monte gramado
Rodas de fiacre em um só pedaço.
E é assim (ele piscou)
Que ganho o meu trocado.
E brindo, feliz que sou,
Ao fidalgo renomado."

Desta vez o escutei,
Pois terminara com carinho
O plano que bolei
De ferver a ponte em vinho.
O agradeci por me contar

Como ganhava seu sustento,
Mas também por ele brindar
A mim sem fingimento.

E se algum dia eu calhar
De enfiar o dedo em cola,
Ou de tentar calçar
Os sapatos com uma estola,
Ou se deixar despencar
Um bom peso em meu dedão,
Choro, pois me faz lembrar,
Do velho com quem fui me deparar...

Cujo ar era calmo e suave o falar,
Cujo cabelo começava a esbranquiçar,
Cujo rosto um corvo fazia lembrar,
Com olhos, feito cinzas, a brilhar,
Que parecia distraído com pesar,
Que ficava sempre a balançar,
E que sussurrava ao falar,
Como se fosse engasgar,
Que feito porco vivia a roncar...
Naquela noite, naquele lugar,
Sentado sobre um portão.

À medida que o Cavaleiro cantava as últimas palavras da balada, ele tornou a pegar as rédeas e virou a cabeça do cavalo na direção da estrada pela qual eles tinham chegado.

— Você tem apenas alguns metros pela frente — disse. — Desça o morro, atravesse aquele riacho e você será uma Rainha. Mas você vai ficar aqui até eu ir embora, não é? — acrescentou, enquanto Alice se virava com um olhar ávido na direção para a qual ele apontara.

— Não vou demorar. Você vai esperar e acenar para mim com seu lenço quando eu chegar naquela curva do caminho? Eu acho que isso vai me dar motivação, sabe?

— É claro que vou esperar — respondeu Alice. — E muito obrigada por ter vindo comigo até tão longe... E pela canção... Gostei muito dela.

— Espero que sim — disse o Cavaleiro, com pouca convicção. — Mas você não chorou como eu pensei que choraria.

Então eles trocaram um aperto de mãos, e depois o Cavaleiro cavalgou lentamente de volta para a floresta.

— Espero que ele não demore muito a *sair de vista* — falou Alice consigo mesma, enquanto estava de pé observando o Cavaleiro. — Pronto! Caiu de cabeça, como de costume! No entanto, ele volta a montar com muita facilidade... Isso acontece porque há coisas demais penduradas no cavalo dele... — Então Alice prosseguiu falando consigo mesma, enquanto via o cavalo andar sem pressa pela trilha e o Cavaleiro tornar a cair, primeiro para um lado e depois para o outro. Depois da quarta ou quinta queda, ele chegou à curva, e então Alice acenou com o lenço e esperou ate que ele saísse de vista.

— Espero tê-lo motivado — disse ela, enquanto se virava para correr morro abaixo. — E agora vou para o último riacho, me tornar uma Rainha! Como isso soa esplêndido! — Com alguns poucos passos, ela chegou à beira do riacho. — A oitava casa, finalmente! — exclamou, enquanto pulava o riacho e se deitava para descansar em um gramado macio feito musgo, com pequenos canteiros de flores espalhados.

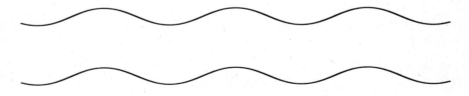

— Oh, como estou contente de ter chegado aqui! E o que é *isto* na minha cabeça? — exclamou, consternada, enquanto erguia as mãos e sentia algo muito pesado e apertado na cabeça.

— Mas como isso *pôde* cair na minha cabeça sem que eu me desse conta? — questionou-se, enquanto retirava aquilo da cabeça e o colocava no colo para que pudesse descobrir do que se tratava.

Era uma coroa de ouro.

## CAPÍTULO 9
# RAINHA ALICE

— Ora, isso de fato é esplêndido! — comentou Alice. — Jamais esperei me tornar uma Rainha tão cedo assim... E vou lhe dizer uma coisa, Vossa Majestade — prosseguiu, com um tom de voz severo (ela sempre gostou muito de repreender a si mesma) —, não tem cabimento ficar esparramada na grama dessa maneira! Rainhas devem ter dignidade, você sabe!

Então ela se levantou e começou a caminhar a esmo — a princípio, com o corpo muito retesado, pois tinha medo de que a coroa caísse —, mas se reconfortou com o pensamento de que não havia ninguém ali para vê-la.

— E, se de fato eu for uma Rainha — disse, enquanto tornava a se sentar —, com o tempo vou aprender muito bem a andar com a coroa na cabeça.

Tudo acontecia de modo tão estranho que ela não ficou nem um pouco surpresa quando viu a Rainha Vermelha e a Rainha Branca sentadas perto dela, cada uma de um lado. Alice teria gostado muito de perguntar como elas haviam chegado ali, mas temia que fosse falta de educação. No entanto, não haveria mal algum, pensou, em perguntar se o jogo havia terminado.

— Por favor, pode me dizer... — começou, olhando timidamente para a Rainha Vermelha.

— Fale apenas quando lhe dirigirem a palavra! — interrompeu bruscamente a Rainha.

— Mas, se todos obedecessem essa regra — argumentou Alice, que estava sempre pronta para uma discussãozinha — e você só falasse quando lhe dirigissem a palavra, e a outra pessoa sempre esperasse que *você* começasse a falar, ninguém jamais diria nada e assim...

— Que coisa ridícula! — exclamou a Rainha. — Ora, você não percebe, menina... — Naquele momento ela parou de falar e franziu o cenho e, depois de pensar por um instante, subitamente mudou de assunto. — O que você quis dizer com "Se de fato eu for uma Rainha"? Que direito você tem de se autointitular assim? Você não pode se tornar uma Rainha até passar pelos exames apropriados. E, quanto mais cedo começarmos, melhor.

— Mas eu só disse "se"! — suplicou a pobre Alice, com um tom lastimoso.

As duas rainhas se entreolharam, e a Rainha Vermelha comentou, com um leve calafrio:

— Ela *diz* que só disse "se"...

— Mas ela disse muito mais do que isso! — queixou-se a Rainha Branca, esfregando uma mão contra a outra. — Oh, muito mais do que isso!

— Você de fato disse — falou a Rainha Vermelha para Alice. — Diga sempre a verdade, pense antes de falar e anote tudo depois.

— Tenho certeza de que eu não quis dizer... — Alice estava começando a falar, mas a Rainha Vermelha, impaciente, a interrompeu.

— É exatamente disso que estou reclamando! Você *deveria* ter querido dizer! Ou você acha que uma criança não quer dizer nada? Até uma piada deve querer dizer alguma coisa; e uma criança é mais importante do que uma piada, espero eu. Isso você não pode negar, nem se tentasse com as duas mãos.

— Eu não nego coisas com as minhas *mãos* — argumentou Alice.

— Ninguém disse que você negava — falou a Rainha Vermelha. — Eu disse que você não poderia negar nem se tentasse.

— Ela está naquele estado de espírito — comentou a Rainha Branca — em que se quer negar *alguma coisa*... Só que não sabe o quê!

— Um temperamento desagradável, agressivo — disse a Rainha Vermelha. E então fez-se um silêncio incômodo por um ou dois minutos.

A Rainha Vermelha quebrou o silêncio dizendo para a Rainha Branca:

— Convido-a para o banquete de Alice esta tarde.

A Rainha Branca deu um sorriso fraco e respondeu:

— E eu convido *você*.

— Eu não sabia que haveria um banquete — falou Alice —, mas, se haverá um, acho que *eu* é que deveria escolher os convidados.

— Nós lhe demos a oportunidade de fazer isso — comentou a Rainha Vermelha. — Mas me arrisco a dizer que você ainda não teve muitas lições de etiqueta, não é mesmo?

— Etiqueta não se aprende com lições — replicou Alice. — Com as lições você aprende a somar e coisas desse tipo.

— E você sabe somar? — indagou a Rainha Branca. — Quanto é um mais um mais um mais um mais um mais um mais um mais um mais um mais um?

— Não sei — respondeu Alice. — Perdi a conta.

— Ela não sabe somar — interrompeu a Rainha Vermelha. — E subtrair, você sabe? Subtraia nove de oito.

— Subtrair nove de oito eu não sei — replicou Alice muito prontamente —, mas...

— Ela não sabe subtrair — afirmou a Rainha Branca. — E dividir, você sabe? Divida um pão por uma faca... Qual é a resposta?

— Presumo que... — Alice estava começando a falar, mas a Rainha Vermelha respondeu por ela.

— Pão com manteiga, é claro. Tente mais uma subtração. Subtraia um osso de um cachorro: o que sobra?

Alice ponderou.

— O osso não sobraria, é claro, se eu o subtraísse. E o cachorro tampouco sobraria: ele viria me morder, e aí tenho certeza de que *eu* não sobraria!

— Então você acha que nada sobraria? — perguntou a Rainha Vermelha.

— Acho que essa é a resposta.

— Errada, como de costume — decretou a Rainha Vermelha. — A calma do cachorro sobraria.

— Mas eu não vejo como...

— Ora, preste atenção! — exclamou a Rainha Vermelha. — O cachorro perderia a calma, não é mesmo?

— Talvez sim — replicou cautelosamente Alice.

— Então, caso o cachorro desaparecesse, a calma dele sobraria! — exclamou triunfante a Rainha.

Alice falou o mais seriamente que pôde:

— Talvez eles possam ir para direções diferentes. — Mas ela não podia evitar pensar consigo mesma: "Que disparates terríveis *estamos* discutindo!"

— Ela não sabe fazer uma continha *sequer*! — disseram as Rainhas ao mesmo tempo, muito enfáticas.

— E *você*, sabe fazer contas? — perguntou Alice, virando-se subitamente para a Rainha Branca, pois ela não gostava que ficassem encontrando tantos defeitos assim nela.

A Rainha arquejou e fechou os olhos.

— Eu sei somar, caso você me dê tempo, mas não sei subtrair, em hipótese *alguma*!

— É claro que você sabe o beabá, não é? — perguntou a Rainha Vermelha.

— Com certeza — respondeu Alice.

— Eu também — sussurrou a Rainha Branca. — Nós frequentemente o recitamos juntas, querida. E vou lhe contar um segredo: eu sei ler as palavras de uma carta! *Isso* não é esplêndido?! No entanto, não desanime. Com o tempo você vai aprender.

Naquele momento, a Rainha Vermelha tornou a falar.

— E você sabe responder a perguntas que tenham utilidade? — indagou. — Como se faz pão?

— *Isso* eu sei! — exclamou Alice com avidez. — Você pega um pouco de farinha...

— E onde você colhe a farinha? — perguntou a Rainha Branca. — Em uma horta ou em cercas vivas?

— Ora, farinha não *se colhe* — explicou Alice. — Farinha é *moída*...

— Com pancadas? — perguntou a Rainha Branca. — Você não deveria omitir tantas coisas assim.

— Abane o rosto dela! — interrompeu ansiosamente a Rainha Vermelha. — Ela vai ficar febril depois de pensar tanto assim. — Então elas foram ao trabalho e começaram a abanar o rosto da Rainha Branca com maços de folhas, até que a Rainha tivesse de implorar para que elas parassem, pois aquilo a estava descabelando muito.

— Agora ela está bem outra vez — asseverou a Rainha Vermelha. — Você fala outros idiomas? Como se diz rabe-be-beca em francês?

— Rabe-be-beca não é uma palavra na nossa língua — replicou seriamente Alice.

— E quem disse que era? — perguntou a Rainha Vermelha.

Alice pensou que dessa vez tinha encontrado uma saída para aquela enrascada.

— Se você me disser de qual idioma é a palavra "rabe-be-beca", eu lhe digo como se fala isso em francês! — exclamou Alice, triunfante.

Mas a Rainha Vermelha ficou com o corpo todo muito retesado e disse:

— Rainhas jamais fazem barganhas.

"Eu queria é que Rainhas jamais fizessem perguntas" — pensou Alice consigo mesma.

— Chega de discussão — disse ansiosa a Rainha Branca. — Qual é a causa dos raios?

— A causa dos raios — falou muito decididamente Alice, pois tinha quase certeza da resposta — é o trovão... Não, não! — Ela se corrigiu apressadamente. — É o contrário, foi isso o que eu quis dizer.

— É tarde demais para se corrigir — falou a Rainha Vermelha. — Uma vez que você diz uma coisa ela está dita, e você tem de arcar com as consequências.

— O que me faz lembrar... — disse a Rainha Branca, olhando para baixo e nervosamente apertando e soltando as mãos — que houve uma tempestade de raios *assim* na terça-feira passada. Quer dizer, em uma das últimas séries de terças-feiras.

Alice ficou intrigada.

— Em *nosso* país — comentou —, os dias da semana vêm um de cada vez.

— Que maneira mais mesquinha e lastimável de fazer as coisas! — retrucou a Rainha Vermelha. — Já *aqui*, as noites e os dias geralmente vêm em séries de dois ou três ao mesmo tempo, e às vezes no inverno temos até cinco noites juntas. Para nos aquecermos, sabe?

— Então cinco noites juntas são mais quentes do que uma só? — Alice se arriscou a perguntar.

— Cinco vezes mais quentes, é óbvio.

— Mas, seguindo essa mesma regra, elas deveriam ser cinco vezes mais *frias*...

— Exatamente! — exclamou a Rainha Vermelha. — Cinco vezes mais quentes *e* cinco vezes mais frias. Da mesma forma que eu sou cinco vezes mais rica do que você *e* cinco vezes mais esperta!

Alice suspirou e se deu por vencida.

"Isso é exatamente como um enigma sem resposta!" — pensou.

— João-Teimoso também viu isso — prosseguiu a Rainha Branca em voz baixa, mais como se estivesse falando consigo mesma. — Ele veio até a porta com um saca-rolhas nas mãos...

— E o que ele queria? — indagou a Rainha Vermelha.

— Ele disse que *iria* entrar — prosseguiu a Rainha Branca — porque estava procurando por um hipopótamo. Bem, por acaso, não havia um deles na casa naquela manhã.

— E geralmente há? — perguntou Alice, com um tom de perplexidade.

— Bem, só às quintas-feiras — disse a Rainha.

— Eu sei por que ele foi até lá — falou Alice. — Ele queria castigar o peixe, porque...

Naquele momento, a Rainha Branca tornou a falar.

— E foi uma tempestade de raios muito forte, você nem imagina! (— Ela *jamais* poderia — disse a Rainha Vermelha.) — E parte do telhado desabou, e muitos trovões caíram lá dentro... E foram rolando pelo cômodo em grandes montes... Derrubando mesas e objetos... Até que eu fiquei tão assustada que não me lembrava do meu próprio nome!

Alice pensou consigo mesma: "Eu jamais *tentaria* lembrar o meu nome no meio de um acidente! Qual seria a utilidade disso?", mas ela não falou em voz alta, por medo de magoar a pobre Rainha.

— Vossa Majestade deve desculpá-la — disse a Rainha Vermelha para Alice, pegando uma das mãos da Rainha Branca e acariciando-a de leve. — Ela é bem-intencionada, mas não consegue evitar dizer bobagens, como regra geral.

A Rainha Branca olhou timidamente para Alice, que sentiu que *deveria* dizer algo gentil, mas de fato não conseguia pensar em nada naquele momento.

— Ela de fato não teve uma criação lá muito boa — prosseguiu a Rainha Vermelha. — Mas é incrível como tem um bom temperamento! Dê um tapinha na cabeça dela e veja como vai ficar satisfeita!

— Mas isso era mais do que Alice tinha coragem de fazer.

— Um pouco de gentileza, e colocar papelotes no cabelo dela, fariam maravilhas.

A Rainha Branca deu um suspiro fundo e recostou a cabeça no ombro de Alice.

— *Estou* tão sonolenta — queixou-se.

— Ela está cansada, a pobrezinha! — disse a Rainha Vermelha. — Faça cafuné nela, empreste sua touca de dormir e cante para ela uma canção de ninar reconfortante.

— Eu não trouxe uma touca de dormir — respondeu Alice, enquanto tentava obedecer à primeira instrução. — E eu não sei nenhuma canção de ninar reconfortante.

— Canto eu mesma, então — afirmou a Rainha Vermelha, e começou:

Dorme, Rainha, no colo de Alice!
Há tempo até o banquete, eu lhe disse.
Depois do banquete, vamos bailar...
As três Rainhas a festejar!

— E agora você sabe a letra — acrescentou, enquanto recostava a cabeça no outro ombro de Alice. — Cante a canção toda para *mim*. Também estou ficando com sono.

No instante seguinte, as duas Rainhas estavam dormindo profundamente e roncando alto.

— O que eu *vou* fazer? — exclamou Alice, olhando à sua volta com muita perplexidade, à medida que uma das cabeças redondas e depois a outra rolaram de seu ombro e caíram como fardos pesados em seu colo. — Não acho que *jamais* tenha acontecido de alguém ter de cuidar de duas Rainhas dormindo ao mesmo tempo! Não, nunca na História da Inglaterra... E nem seria possível, pois nunca houve mais de uma rainha de cada vez. Acordem, suas coisas pesadas! — prosseguiu, impaciente. Mas não houve resposta além de um ronco suave.

O ronco foi ficando mais nítido a cada minuto e soava mais como uma melodia: por fim, ela podia até perceber a letra e ouvia aquilo tão absorta que, quando as duas grandes cabeças desapareceram do seu colo, ela mal percebeu.

Alice estava em pé diante de uma porta em arco na qual as palavras RAINHA ALICE estavam escritas em letras grandes. Em cada lado do arco havia uma sineta: em uma delas estava marcado "Campainha das Visitas" e, na outra, "Campainha dos Criados".

"Vou esperar até a canção terminar" — pensou Alice. — "E depois vou tocar a... *Qual* campainha devo tocar?" — prosseguiu, muito intrigada com os nomes. "Não sou visita e não sou criada. *Deveria* haver uma campainha marcada com 'Rainha'..."

Naquele momento, uma porta se abriu um pouco e uma criatura com um bico comprido colocou a cabeça para fora por um instante e disse:

— Proibida a entrada até a semana depois da semana que vem! — E fechou a porta com uma pancada.

Alice bateu na porta e tocou a campainha em vão por muito tempo, mas, por fim, um velho Sapo, que estava sentado sob uma árvore, se levantou e mancou lentamente em direção a ela. Ele vestia uma roupa de um amarelo vivo e calçava botas enormes.

— O que foi agora? — disse o Sapo com um sussurro grave e rouco.

Alice se virou, pronta para colocar a culpa em quem quer que fosse.

— Onde está o criado cuja função é atender a porta? — começou com irritação.

— Qual porta? — perguntou o Sapo.

Alice quase pisoteou o chão de raiva pelo modo arrastado com o qual ele falava.

— *Esta* porta, é claro!

O Sapo olhou por um instante para a porta com seus olhos sem brilho; depois se aproximou da porta e esfregou um dos polegares nela, como se estivesse verificando se a tinta descascaria; em seguida, olhou para Alice.

— Atender a porta? — questionou ele. — E o que ela está pedindo? — Ele estava tão rouco que Alice mal conseguia ouvi-lo.

— Não sei o que você quer dizer com isso — falou ela.

— Mim falar sua língua, não? — prosseguiu o Sapo. — Ou por acaso você é surda? O que a porta lhe pediu?

— Nada! — retrucou Alice impacientemente. — Eu estou batendo nela!

— Você não deveria fazer isso... Não deveria fazer isso — murmurou o Sapo. — Isso a irrita, sabe? — Em seguida ele foi até a porta e chutou-a com seu enorme pé. — Deixe *ela* em paz — ofegou ele, enquanto voltava mancando para a árvore –, e ela vai deixar *você* em paz.

Naquele momento, a porta se abriu e ouviu-se uma voz estridente cantando:

Para o mundo do espelho, falou Alice à toa:
"Tenho um cetro na mão e na cabeça, uma coroa;
Que as criaturas do espelho, todas, eu digo,
Venham jantar com as Rainhas e comigo."

E centenas de vozes cantaram juntas o refrão:

"Então encham as taças, andem logo com isso.

E salpiquem na mesa botões e chouriço;
Botem gatos no café e ratos no chá.
Trinta vezes três salvas a Alice, é para já!"

Em seguida ouviu-se um barulho confuso de salvas e Alice pensou consigo mesma:

"Trinta vezes três são 90. Eu me pergunto se tem alguém contando…" Em um instante, fez-se silêncio outra vez, e a mesma voz estridente cantou outra estrofe:

"Venham", falou Alice, "Ó, criaturas do espelho!
É uma honra me ver e me ouvir é conselho:
É um privilégio, e dos mais altos que há,
Comigo e com as Rainhas tomar um bom chá!"

Em seguida, veio outro refrão:

"Então encham as taças com mel e pavê
Ou com qualquer coisa que dê para beber.
Ponham areia na cidra e lã nesse chá…
Noventa vezes nove salvas a Alice, é para já!"

– Noventa vezes nove! – repetiu Alice, em desespero. – Oh, isso nunca vai terminar! É melhor eu entrar de uma vez. – E fez-se um silêncio sepulcral no instante em que ela apareceu.

Alice olhou de soslaio nervosamente para a mesa, enquanto caminhava pelo grande salão principal, e reparou que havia cerca de 50 convidados, de todos os tipos: alguns eram mamíferos; outros, aves; e havia inclusive algumas flores entre eles.

"Fico contente por eles terem vindo sem esperar pelo convite" – pensou. "Eu nunca saberia quem seriam as pessoas certas a convidar!"

Havia três cadeiras na cabeceira da mesa: as Rainhas Vermelha e Branca já haviam se sentado em duas delas, mas a do meio estava vazia. Alice se sentou nela, muito incomodada com o silêncio e querendo que alguém falasse.

Por fim, a Rainha Vermelha começou a falar.

— Você perdeu a sopa e o prato de peixe — disse. — Sirvam o pernil! — E os garçons colocaram um pernil de Carneiro diante de Alice, que olhou para ele com muita ansiedade, pois nunca antes tivera de trinchar um pernil.

— Você parece um pouco intimidada; deixe que eu lhe apresente a este pernil de Carneiro — falou a Rainha Vermelha. — Alice... Carneiro; Carneiro... Alice. — O pernil se levantou da travessa e fez uma pequena mesura para Alice; ela retribuiu a mesura, sem saber se ficava apavorada ou admirada.

— Posso lhe servir uma fatia? — perguntou Alice, pegando o garfo e a faca e olhando de uma Rainha para a outra.

— Certamente que não — disse com muita convicção a Rainha Vermelha. — Vai contra a etiqueta cortar alguém a quem você foi apresentada. Retirem o pernil! — E os garçons levaram o pernil para fora dali e trouxeram no lugar dele um enorme pudim de ameixa seca.

— Não quero que me apresentem ao Pudim, por favor — falou Alice muito apressadamente —, pois assim não vamos jantar nada. Posso lhe servir um pedaço?

Mas a Rainha Vermelha pareceu mal-humorada e rugiu:

— Pudim... Alice; Alice... Pudim. Retirem o Pudim! — E os garçons retiraram o Pudim tão rápido que Alice não teve tempo de retribuir a mesura dele.

No entanto, ela não viu motivos para que a Rainha Vermelha fosse a única a dar ordens; então, fazendo uma experiência, ela chamou:

— Garçom! Traga o Pudim de volta! — E eis que o Pudim reapareceu em um instante, como num passe de mágica. Ele era tão grande que Alice não conseguiu evitar se sentir *um tanto* intimidada diante dele, assim como se sentira com o pernil de Carneiro. No entanto, com muito esforço ela venceu a timidez, cortou uma fatia e deu para a Rainha Vermelha.

— Quanta impertinência! — disse o Pudim. — Eu me pergunto se você gostaria que eu cortasse uma fatia *sua*, criatura!

Ele falou com um tipo de voz grave e sebenta, e Alice não encontrou palavras para responder: ela conseguiu apenas ficar sentada olhando para ele, boquiaberta.

— Faça algum comentário — sugeriu a Rainha Vermelha. — É ridículo deixar toda a conversa por conta do Pudim!

— Sabe, recitaram para mim uma quantidade enorme de poemas hoje — Alice começou a falar e ficou um pouco assustada ao descobrir que, no instante em que abriu a boca, fez-se um silêncio sepulcral, e todos os olhos se fixaram nela. — E é uma coisa muito intrigante, eu acho... Todos os poemas de algum modo eram sobre peixes. Você sabe por que gostam tanto de peixes aqui?

Ela se dirigiu à Rainha Vermelha, cuja resposta se desviou um pouco do alvo.

— Quanto aos peixes — falou, muito devagar e solenemente, colocando os lábios perto do ouvido de Alice —, Vossa Majestade Branca sabe uma charada ótima, toda em versos, sobre peixes. Ela deve recitá-la?

— Vossa Majestade Vermelha é muito gentil em mencionar isso — murmurou a Rainha Branca no outro ouvido de Alice, com uma voz que parecia o arrulho de um pombo. — Seria um prazer *enorme*! Posso?

— Por favor, sim — respondeu Alice muito educadamente.

A Rainha Branca riu de prazer e fez carinho na bochecha de Alice. Depois, começou:

"Primeiro, o peixe deve ser pescado."
Isso é fácil: um bebê poderia tê-lo pescado.
"Depois, o peixe deve ser comprado."

Isso é fácil: por um *penny*, acho, ele pode ser comprado.

"Agora, cozinhe o peixe com pressa!"
Isso é fácil: em um minuto isso se dá.
"E bote-o em uma travessa!"
Isso é fácil, pois ele já está lá.

"Traga-o aqui! Deixe-me jantar!"
É fácil pôr tal prato sobre a mesa.
"Queira o prato destampar!"
Ah, é difícil, sou incapaz de tal proeza!

Pois como cola ela vai se prender...
Prender a tampa ao prato, estando no meio colocada:
O que é mais fácil de fazer?
Des-cobrir o prato ou descobrir a charada?

— Tire um minuto para pensar e depois tente adivinhar — disse a Rainha Vermelha. — Enquanto isso, beberemos à sua saúde... À saúde da Rainha Alice! — gritou o mais alto que pôde, e todos os convidados começaram a beber imediatamente, e fizeram isso de maneiras muito estranhas: alguns colocaram os copos sobre as cabeças como apagadores de vela e beberam tudo o que escorreu pelo rosto; outros derrubaram os decantadores e beberam o vinho enquanto ele escorria das bordas da mesa; e três deles (que pareciam cangurus) foram apressados até a travessa de pernil de Carneiro e começaram a lamber com avidez o molho, "que nem porcos em uma gamela!", pensou Alice.

— Você deve agradecer o brinde com um belo discurso — disse a Rainha Vermelha, franzindo o cenho para Alice enquanto falava.

— Nos cabe apoiá-la, sabe? – sussurrou a Rainha Branca, enquanto Alice se levantava para discursar, de modo muito obediente, mas um tanto assustada.

— Muito obrigada – sussurrou em resposta –, mas eu consigo me sair muito bem sem isso.

— Isso não é nem um pouco possível – falou com muita convicção a Rainha Vermelha. Então Alice tentou se submeter àquilo com elegância.

(– E elas *de fato* me empurraram muito – disse ela mais tarde, quando estava contando a história do banquete para a irmã. – Parecia até que queriam mesmo me esmagar!)

Na verdade, foi muito difícil para Alice permanecer em seu lugar durante o discurso: as duas Rainhas empurraram-na tanto, uma de cada lado, que quase a lançaram ao ar.

— Eu me levanto para agradecer o brinde... – começou Alice, que *de fato* se ergueu enquanto falava, vários centímetros. Mas ela agarrou a borda da mesa e conseguiu voltar a pôr seus pés no chão.

— Cuide-se! – berrou a Rainha Branca, pegando o cabelo de Alice com as duas mãos. – Alguma coisa vai acontecer!

Em seguida (conforme Alice descreveu depois), aconteceu todo o tipo de coisas em um instante. As velas cresceram até quase o teto, ficando um pouco parecidas com um juncal com fogos de artifícios no topo. Quanto às garrafas, cada uma delas pegou um par de pratos, que apressadamente encaixaram em suas laterais como asas e, assim, com garfos como pernas, saíram adejando por todas as direções: "e ficaram muito parecidas com pássaros" – pensou Alice consigo mesma, da melhor maneira que pôde em meio àquela confusão terrível que se iniciava.

Naquele instante, ela ouviu uma risada rouca ao seu lado e se virou para ver o que havia de errado com a Rainha Branca; mas, em vez da Rainha Branca, era o pernil de Carneiro sentado na cadeira.

— Estou aqui! — exclamou uma voz de dentro da sopeira, e Alice tornou a se virar, bem a tempo de ver o rosto largo e bondoso da Rainha escancarar um sorriso para ela por um instante na borda da sopeira, antes de desaparecer dentro da sopa.

Não havia um momento a perder. Vários dos convidados já estavam deitados nos pratos e a concha de sopa estava caminhando sobre a mesa em direção à cadeira de Alice, gesticulando impacientemente para ela sair do caminho.

— Não consigo mais suportar isso — berrou Alice enquanto ficava de pé com um pulo e agarrava a toalha de mesa com as duas mãos: um bom puxão e as travessas, pratos, convidados e velas desabaram juntos e amontoados no chão.

— E quanto a *você* — prosseguiu, se virando ferozmente para a Rainha Vermelha, que ela considerava ser a causa de todas aquelas diabruras... Mas a Rainha já não estava ao lado de Alice; ela havia encolhido até ficar do tamanho de uma pequena boneca e, naquele momento, estava sobre a mesa, correndo alegremente em círculos, tentando pegar seu próprio xale que se arrastava atrás dela.

Em qualquer outra hora Alice teria ficado surpresa com aquilo, mas ela estava agitada demais para se surpreender com qualquer coisa *naquele momento*.

— Quanto a *você* — repetiu, agarrando a criaturinha no momento exato em que ela estava pulando sobre uma garrafa que acabara de surgir na mesa —, vou lhe sacudir até você virar um gatinho, vou mesmo!

## CAPÍTULO 10
# SACUDINDO

Alice tirou a Rainha da mesa à medida que falava e sacudiu-a para frente e para trás com toda a força.

A Rainha Vermelha não ofereceu nenhuma resistência, só que seu rosto ficou muito pequeno e seus olhos, muito grandes e verdes. Ainda assim, à medida que Alice continuava a sacudi-la, ela foi encolhendo mais ainda... E ficando mais gorda... E mais macia... E mais redonda... E...

## CAPÍTULO 11
# ACORDANDO

...E de fato *era* um gatinho, no fim das contas.

## CAPÍTULO 12
# QUEM SONHOU ISSO?

— Vossa Majestade não deveria ronronar tão alto assim — falou Alice, esfregando os olhos e dirigindo-se ao Gatinho, muito respeitosamente, mas com alguma severidade. — Você me fez acordar de, oh!, um sonho bom demais! E você veio junto comigo, Gatinho... Por todo o mundo do espelho. Você sabia disso, querido?

Um hábito muito inconveniente dos gatinhos (Alice comentara isso certa vez) é que, não importa o que você diga para eles, eles *sempre* ronronam.

— Se pelo menos eles ronronassem somente quando quisessem dizer "sim" e miassem quando quisessem dizer "não", ou alguma regra desse tipo — dissera ela —, seria possível manter uma conversa com eles! Mas como se pode conversar com alguém quando a pessoa diz sempre a mesma coisa?

Naquela ocasião, o Gatinho apenas ronronou, e era impossível adivinhar se ele queria dizer "sim" ou "não".

Então Alice procurou entre as peças de xadrez que estavam sobre a mesa até que tivesse encontrado a Rainha Vermelha; depois, se ajoelhou no tapete da lareira e colocou o Gatinho e a Rainha cara a cara.

— Agora, Gatinho! — exclamou, batendo palmas de modo triunfante. — Confesse que foi nisso que você se transformou!

(— Mas ele se recusava a olhar para a peça — disse mais tarde, quando estava explicando as coisas para a irmã. — Ele virou a cabeça e fingiu não vê-la. Mas ele parecia *um tanto* constrangido, então eu acho que *deve* ter sido mesmo a Rainha Vermelha.)

— Sente-se um pouco mais empertigado, querido! — exclamou Alice com uma risada de felicidade. — E faça uma reverência enquanto você pensa no que vai... No que vai ronronar. Isso poupa tempo, lembre! — E ela pegou o Gatinho e deu um beijinho nele: — Só em homenagem ao fato de você ter sido uma Rainha Vermelha.

— Floquinho de Neve, meu bichinho de estimação! — prosseguiu Alice, olhando por sobre o ombro para o Gatinho Branco, que ainda estava pacientemente se submetendo à toalete feita por sua mãe. — Quando *será* que a Dinah vai terminar de dar banho em Vossa Majestade Branca? Deve ser por isso que no meu sonho você estava tão sujo... Dinah! Você sabe que está esfregando uma Rainha Branca? Sério, é muita falta de respeito da sua parte!

— E em que será que a *Dinah* se transformou? — tagarelou, à medida que se deitava confortavelmente com um dos cotovelos no tapete e o queixo em uma das mãos, para observar os gatinhos. — Me diga, Dinah, você se transformou no João-Teimoso? Eu *acho* que sim... No entanto, é melhor não comentar ainda com seus amigos, pois eu não tenho certeza.

— Aliás, Gatinho, se você de fato estivesse comigo no sonho, tem uma coisa da qual você *teria* gostado: recitaram para mim uma quantidade enorme de poemas, todos sobre peixes! Amanhã de manhã você vai ganhar um bom presente. Enquanto você estiver comendo o café da manhã, vou recitar "A Morsa e o Carpinteiro" para você; e então você pode fazer de conta que está comendo ostras, querido!

– Agora, Gatinho, pensemos então em quem sonhou tudo isso. Esse é um assunto sério, querido, e você *não deveria* ficar lambendo a pata desse jeito. Até parece que a Dinah não lhe deu banho hoje de manhã! Sabe, Gatinho, *deve* ter sido eu ou o Rei Vermelho. Ele fazia parte do meu sonho, é claro... Mas, então, eu também fazia parte do sonho dele! *Será que foi mesmo o Rei Vermelho, Gatinho?* Você era a esposa dele, meu querido, então, você deveria saber... Oh, Gatinho, *me ajude* a resolver essa questão! Tenho certeza de que sua pata pode esperar! – Mas o Gatinho implicante somente começou a lamber a outra pata e fingiu não ter ouvido a pergunta.

Quem *você* acha que foi?

Um barco sob o céu ensolarado,
Seguindo devagar e alheado,
Em uma noite de julho passado.

Três crianças bem aninhadas,
De olhos ávidos e orelhas entusiasmadas,
Que só de ouvir um conto ficam animadas.

O céu ensolarado há muito se esvaiu:
Os ecos sumiram e a lembrança se exauriu.
O frio do outono julho feriu.

Ela ainda me assombra, tal qual alma penada.
Alice andando por uma quebrada,
Sem jamais ser por mim observada.

Ainda crianças, com o conto animadas,
De olhos ávidos e orelhas entusiasmadas,
Adoravelmente ficarão aninhadas.

No País das Maravilhas elas estão
Sonhando com os dias que vêm e vão,
Sonhando, pois os verões morrerão.

Sempre à deriva no rio enfadonho,
Lagarteando de modo risonho.
O que é a vida, senão um sonho?